Rudolf von Gottschall

Der Nabob

Trauerspiel in fünf Aufzügen

Rudolf von Gottschall

Der Nabob
Trauerspiel in fünf Aufzügen

ISBN/EAN: 9783743354012

Hergestellt in Europa, USA, Kanada, Australien, Japan

Cover: Foto ©Andreas Hilbeck / pixelio.de

Manufactured and distributed by brebook publishing software (www.brebook.com)

Rudolf von Gottschall

Der Nabob

Den Bühnen gegenüber als Manuscript gedruckt und dem Theater-Commissions-Geschäft von H. Michaelson in Berlin zum ausschließlichen Bühnen-Debit übergeben. Geschriebene Exemplare sind unrechtmäßig erworben.

Der Nabob.*)

Trauerspiel in fünf Aufzügen

von

Rudolph Gottschall.

Personen:

Robert Lord Clive, Baron von Plassey, General, früher Gouverneur von Ostindien.
Sulivan, Direktor der ostindischen Kompagnie.
Harry, sein Sohn.
Lady Arabella Sommerset.
Sita, ein Hindumädchen, Clive's Pflegetochter.
Matali.
Obrist Bourgoyne, Mitglieder des
Advokat Wedderburn, Unterhauses.
Obrist Forde, Offiziere der ostindischen Armee.
Obrist Latham,
Lord Grenville.
Count Vernon.
Marquis von Clanricarde.
Mr. Hopkins.
Haushofmeister Clive's.

Herren und Damen, Gäste der Lady Sommerset. Diener Clive's und der Lady. Soldaten und Invaliden der ostindischen Armee. Parlamentsmitglieder.

Jahr der Handlung: 1773.

Die ersten drei Aufzüge spielen theils auf dem Gute der Lady Sommerset, theils in Claremont, dem benachbarten Landsitze Clive's; die beiden letzten in London.

---

*) Kürzlich mit entschiedenem Glück zuerst in Breslau dargestellt. Um es den Bühnen noch diese Saison zu bieten, lassen wir es sofort der „Rose vom Kaukasus" desselben Dichters folgen, wir dabei bemerken, daß der Abdruck genau die Bühneneinrichtung des Stückes ist, welche ein Drittheil des ursprünglichen Gedichtes zum Opfer gefallen, so daß weitere Kürzungen zulässig erscheinen.
Anmerk.

Erster Aufzug.

Szene: Ein elegant eingerichteter Gartensalon. Die offenen Flügelthüren gehen nach dem Garten hinaus. Rechts eine Ottomane, ein elegantes Gestell mit exotischen Blumen.

Erster Auftritt.

Lady Arabella Sommerset. Harry Bourgoyne. Hopkins. Clanricarde.

Einige Damen. Einige Lakaien an den Flügelthüren.

Arabella.

Jetzt in den Garten, meine Herrn und Damen,
Jetzt ist's am kühlsten unter den Kastanien
Und in der Geisblattlaube! Master Hopkins —
Heut ist's, wie in Calcutta — tropisch, tropisch
keine schöne Sklavin fächelt Kühlung.
sind so düster heut gestimmt — ich glaube —
kleines Mittagsschläfchen, dort im Schatten —

Hopkins.

Nichts als die grenzenlose Hitze, Lady!
Hier ist man's ungewohnt.

Bourgoyne.

In Indien
Verwandelte sich jeder Tropfen Schweiß
In eine Rupie — Hier schwitzt man gratis —
Das ist den reichen Nabobs unbequem!

Arabella.

Nehmt Euch in Acht, Herr Hopkins!
Dieser Herr
Hat eine Zunge, schärfer als das Schwert,
s er in Portugal geführt, und eh'
r's uns versehn, da finden wir uns wieder
em Lustspiel, das er schleunig dichtet.

Hopkins.

Pah — das ist ungefährlich — Poesie!

Arabella.

Er trifft sehr gut, er hat mich selbst einmal
Ganz zum Erschrecken ähnlich abgemalt —
Als eine übermüthige Kokette.
Ich war die Heldin seines Stücks und wurde
Zuletzt bekehrt, so schnell, wie's nöthig ist —
In einem Lustspiel von drei kurzen Akten.
(Zu Bourgoyne) Nun, heute Abend lesen Sie uns vor,
Was Ihnen jüngst Thalia zugeflüstert!
Drei Akte?

Bourgoyne.
Einer nur.

Hopkins.
O das ist schön!
Das ist das rechte Maß, das mir gefällt!
Nur nicht auf die ostindische Regierung,
Wie's leider Mode, Epigramme schleudern!

Arabella.

Mein Onkel Sulivan wird sicher auch
Zugegen sein! Wir dürfen heut ihn noch
Erwarten — Harry, schrieb er's nicht an Euch?

Harry.

Er kommt noch heut! Die Präsidentenwahl
Von Leadenhall-street wird entschieden sein.
Dann hält ihn nichts in London!

Arabella.
Gebe Gott,
Daß er als Sieger aus dem Kampfe geht!
Sonst bringt er eine böse Laune mit —
Und doppelt, Obrist, müßt Ihr's dann vermeiden,

Daß Eure Muse nicht die Herren
　　Indiens
Mit feinem Spotte neckt.
　　　　Clanricarbe.
　　　　　　Dies ist kein Stoff
Für Poesie! Die wahre Dichtung blüht
In meinem grünen Erin nur — das
　　Lied
Ist dort lebendig in des Volkes Mund,
Es tönt wie Wogenschlag am Felsen=
　　strand,
Wie Heerdenläuten auf den stillen
　　Matten —
Und wie der tiefe See des Himmels
　　Aug',
So strahlt es meines Volkes Seele
　　wieder.
　　　　Arabella.
Sie singen mir ein irisch Lied — nicht
　　wahr —
Hier draußen unter den Kastanien.
Mein holder Schwärmer, bitte —
　　Ihren Arm!
(Sie ergreift den Arm des Marquis v. Clanri-
carbe; zu den Bedienten):
Den Kaffee in die Laube! — Kommen
　　Sie!
(Ab mit Clanricarbe, Hopkins und den Damen.
Bediente folgen durch die Mittelthüre. Harry
folgt, geht aber nur in den Hintergrund rechts.
Bourgohne vorn links.)
　　　　Bourgohne (für sich).
Verwünschtes Fächerspiel und Blicke=
　　werfen
Nach rechts und links — ich komme
　　nicht zum Ziel!
Doch läßt mir's keine Ruh — ich muß
　　es hören,
Wie sie den grünen Marquis zirpen
　　läßt
Gleich einem Heimchen von dem grü=
　　nen Erin.
　　(Ab, den andern nach durch die Mitte.)
　　Harry (kommt wieder von Rechts vor).
So blind vor Eifersucht — ich faß' es
　　kaum.
Ich liebe diese Centifolien nicht,
Die aufgeschlossen ihre Pracht ent=
　　falten.

Der Wind, der heut sie küßt, zerpflückt
　　sie morgen.
Ein schüchtern Monatsröschen sei das
　　Weib,
Ein Räthsel, halb erschlossen, ahn=
　　ungsreich —

Zweiter Auftritt.

Sulivan (von Seite links). Harry.

　　　　Harry.
Mein Vater!
　　　　Sulivan.
　　Harry!
　　　　Harry.
　　　　Deiner Stimme Klang
Und Deine Mienen künden nicht —
　　den Sieg!
　　　　Sulivan.
Ich bin verstimmt, gekränkt in's tiefste
　　Herz,
Ich läugn' es nicht! Zum erstenmal
　　geschlagen!
　　　　Harry.
Geschlagen — wie? Du bist nicht
　　Präsident?
　　　　Sulivan.
Den Präsidentenstuhl der Kompagnie
Besteigt jetzt ein Geschöpf des Lord's
　　von Plassey,
Für das sein Geld die Stimmen warb.
Bin ich denn schwach geworden über
　　Nacht,
Hat meine Stimme ihren Klang ver=
　　loren,
Daß man mich schimpflich eines Amts
　　entsetzt,
Das ich so lange Zeit mit Ruhm ver=
　　waltet?
　　　　Harry.
Wie aber kam's? Du hattest stets die
　　Mehrheit
Der Stimmen sicher.
　　　　Sulivan.
　　　　Dort, der Unhold drüben,
Mein alter Erbfeind, ließ nichts un=
　　versucht

Zu meinem Sturz, warb Stimmen
    wider mich,
Bestach mit seinem Gold die Direktoren
Mit unerhörten Summen — und sein
    Haß
Errang den Sieg! Er haßt mich, ja,
    mit Recht!
So lang ich selbst am Steuerruder stand,
Das Schiff der Kompagnie als Erster
    lenkte,
Da fühlt' es stets der übermüth'ge
    Degen,
Daß er im Sold des Kaufmanns stand;
    ich beugte
Den Trotz, der dort in Indien fürst=
    lich sich
Geberden wollte — nun, jetzt rächt
    er sich.

        Harry.
Du sprichst von Clive?

Sulivan (sich setzend; Harry tritt zu ihm).
    Ja, vom Baron von Plassey,
Der sich Erob'rer Indiens schimpfen
    läßt,
Weil ein verrathner Fürst vor ihm ent=
    flohn,
Dem reichsten Mann Alt=Englands,
    jenem Nabob,
Vor dessen Schätzen sich das Volk be=
    kreuzt,
Weil er sie wider alles Recht erwarb,
Und weil sie mährchenhaft, wie Delhi's
    Pracht
Und wie Gholkonda's Gruben. Dieser
    Glanz
Stellt wohlerworbnen Reichthum tief
    in Schatten.
Wie viele Jahre schafft' ich redlich nicht,
Ein würdig Erbe Dir zu hinterlassen.
Jetzt wird des Kaufmanns jahrelange
    Mühe
Vom Taumelglück des Schwindlers
    überstrahlt!
Doch nimmer trag' ich diese letzte
    Schmach!
Bald schlägt die Stunde, die ihn
    stürzen soll.

        Harry.
Ich theile Deinen Haß — aus andern
    Gründen!
Ich hasse die Despoten, und er steht
In einer Reih' mit ihnen —
Was sinnst Du wider ihn? Ich bin
    gespannt.

        Sulivan.
Anklage vor dem höchsten Tribunal
Der Nation, dem Parlament von Eng=
    land!

        Harry.
Das ist verwegen!

        Sulivan.
    Nur die Kühnheit siegt!
Anklage vor dem Parlament — ich
    hab's
In schlummerlosen Nächten durch=
    gedacht!

        Harry.
Das wird ein Sturz wie Luzifer's!

        Sulivan.
        So ist es!
Zum Bettler macht es ihn an Ehr'
    und Gold!

        Harry.
An Gold?

        Sulivan.
    Ja, wir beweisen ihm, daß er
Sich angeeignet, was nur uns gebührt.
Du weißt, der Sieg von Plassey un=
    terwarf ihm
Bengalen; auf der Flucht gefangen
    ward
Surajah Dowlah, dieses Landes Fürst;
Er ließ ihn richten!

        Harry.
    Ja, das ist der Frevel!
War's ein Verbrecher? Focht' er gegen
    fremde
Bedrücker nicht für seines Volkes Frei=
    heit?
Zum mindesten war's ein besiegter
    Feind
Und kein Rebell!

Sulivan.
  Laß diese Schwärmerei'n!
Den Sieg erfocht der Lord nur durch
  Berätherei
Meer Jaffier's, der Surajah Dowlah's
  Heer
Verließ im Augenblicke der Ent=
  scheidung.
Denn dieser Feldherr war schon lang
  umgarnt
Von den Agenten Clive's, und an der
  Stelle
Surajah Dowlah's ward er Schatten=
  fürst
Zum Lohn für den Verrath.

Harry.
  Schmach über ihn!

Sulivan.
Natürlich ging der edle Lord nicht leer
  aus!
Meer Jaffier gab ihm unermeff'ne
  Schätze,
Gab unermeff'ne Güter ihm zum
  Lohn —
Deß klagen wir ihn an! Sein Reich=
  thum ist
Erworben wider alles Recht — nicht
  er —
Die Kompagnie, in deren Sold er stand,
Darf die geschenkten Millionen fordern.

Harry.
Wer stellt den Antrag und wer klagt
  ihn an?

Sulivan.
Ich kenne einen Mann, leichtsinnig, keck
Und abenteuerlich, der Rede mächtig —

Harry.
Wen meinst Du?

Sulivan (steht auf).
  Obrist Bourgoyne!

Harry.
    Obrist Bourgoyne!
Er haßt Lord Clive nicht, nur den
  Master Hopkins
Und Marquis Clanricarde, die ihm
  das Licht
Der schönen Sonne Arabella stehlen —

Sulivan.
Das gilt ganz gleich.

Harry.
    Was ist ihm Hindostan
Und Euer indisch Reich? Ihn küm=
  mert's wenig.

Sulivan.
Ehrgeizig ist er und ihn lockt der Kampf
Mit einem weltberühmten Gegner an,
Noch mehr — wir haben's ja in unsrer
  Macht,
Ihn ganz an uns zu fesseln. Ich ver=
  spreche
Ihm Herz und Hand der schönen Ara=
  bella —

Harry.
Versprecht den Mond ihm und des
  Himmels Sterne!

Sulivan.
Die Nichte wird dem Onkel folgen
  müssen!

Dritter Auftritt.
Harry. Bourgoyne. Sulivan.

Sulivan.
Doch still — da kommt der Obrist!

Bourgoyne.
Ah — Sulivan — willkommen!

Sulivan.
    Nun — was giebt's?
So aufgeregt?

Bourgoyne.
    Der Xeres unsrer Lady —
Die Hitze draußen — Hier ist's kühler,
  frischer —

Sulivan.
Und noch ein andres Feuer — Offen,
  Obrist:
Die schöne Arabella ärgert Euch
Wie uns, durch ihren flatterhaften
  Sinn.

Bourgoyne.
Ein Schmetterling kann nicht zur Blume
werden,
Die fest auf ihrem Stengel sitzt —
was weiter?
Sich drüber ärgern, hieße Gott ver=
klagen,
Der Schmetterlinge so wie Blumen
schuf.
Sulivan.
Ihr weicht uns aus! Ich sag' es offen,
Obrist —
Ich weiß, Ihr werbt um sie seit langer
Zeit!
Ich säh' es gern, wenn Lady Som-
merset
Zu treuem ew'gem Bund die Hand
Euch reichte!
Bourgoyne.
Ihr träumt! Seh' ich wie ein Ver=
liebter aus?
Schmelz' ich in Seufzer und in Thrä=
nen hin?
Nie flucht' ich noch so viel wie jetzt —
ich bin
In einer rauhen, kriegerischen Stimm=
ung,
So wie ein Boxer, der die Fäuste
prüft —
Sulivan.
Die Liebe zeigt bei jedem Menschen fast
Ein andres Angesicht!
Bourgoyne (auf Harry zeigend).
Seht diesen hier —
So seh'n Verliebte aus! Sie sind zu=
gegen
Mit Fleisch und Blut, abwesend mit
dem Geist!
Sie sinnen über alles, über nichts —
Ihr Menschenkenner, Vater Sulivan —
Seht Euren Sohn und lernt, was
Liebe sei!
Sulivan.
Wie, Harry? Ist mir's selbst doch auf=
gefallen —

Harry.
Was, Thorheit!
Bourgoyne.
Läugnet nicht!
Harry.
Und wenn es wäre?
Bourgoyne.
O Lieb' ist so natürlich, wie der Tod!
Kein Sterblicher entgeht ihr.
Sulivan.
Du verschweigst
Dem Vater, Harry?
Harry.
Nur ein Traum, ein Schatten,
Ein Bild, das mich entzückt — ich
beichte gern,
Doch mehr nicht, als ich weiß. Nun,
Obrist, ist's
An Euch — nun folgt dem Beispiel,
das ich gab!
Ein ehrliches Geständniß.
Bourgoyne.
Feuer, Feuer!
Ihr setzt mir die Pistole auf die Brust.
Wenn's Lieben heißt, in einem schönen
Weib
Die ganze weite Welt verklärt zu sehen,
Kein Eigenthum zu wünschen, als die
eine,
Berauscht zu sein von ihres Kleides
Rauschen,
Entzückt zu sein von ihrer Worte Klang,
Sie küssen wollen, wenn sie freundlich
lächelt,
Sie morden wollen, wenn sie zürnt
und höhnt —
Dann lieb' ich Arabella Sommerset.
Sulivan.
Brav, bravo! Obrist! Und ich wie=
derhol's,
Ich bill'ge, ich beschütze Eure Liebe.
Bourgoyne.
Klar muß es werden zwischen ihr und
mir!
Manch Zeichen ihrer Gunst hat mich
erfreut;

Doch immer flieht sie vor dem ernsten Wort,
Entschlüpft mir aalgleich, will ich sie erhaschen,
Und wendet sich zu Andern, leichten Sinn's!

Sulivan.
Das ist die Maske nur! Dahinter lauscht
Verschämte Neigung. Eine kühne That,
Herr Obrist, und die Maske fällt!

Bourgohne.
        Ich soll —

Sulivan.
Erobert sie, wie eine Batterie.

Bourgohne.
Nennt mir ein Schlachtfeld, wo ich sie erringe!

Harry.
Das Parlament!

Sulivan.
    Herr Obrist, hört mich an!
Sehr viel könnt Ihr mit einem Schlag erobern.
Nur einen Antrag gilt's im Parlament,
Ein groß Verdienst erwerbt Ihr um dies Land
Und um die Sache der Gerechtigkeit,
Macht Euren Namen groß und vielgenannt,
Bahnt Euch den Weg zum Herzen Arabellas,
Und mehr noch — Ihr verpflichtet mich! Dies mag
Vielleicht gering Euch dünken, doch mein Wort
Gilt viel bei Arabella, um so mehr,
Als ich allein ihr eine Stütze biete,
Wenn sie ihr Hab' und Gut vergeudet hat!

Bourgohne.
Das wäre zu befürchten?

Sulivan.
        Ohne Zweifel!

Bourgohne.
Nun, Euren Vorschlag! Wohl! Ihr meint es gut;
Ihr zeigt den Abgrund mir, doch auch die Brücke!

Sulivan.
Ein kühner Frevler harrt des Strafgerichts,
Der Kläger fehlt — Ihr sollt der Kläger sein!

Bourgohne.
Wen meint Ihr?

Harry.
Unsern Nachbar dort in Claremont.

Bourgohne.
Lord Clive, den Großmogul, den großen Nabob?
Der Mann ist schimpflich reich! Klopft Ihr ihn aus,
So fliegt der Goldstaub Euch in's Angesicht!
Das ist gefährlich!

Sulivan.
        Unser Antrag macht
Ihn über Nacht zum Bettler.

Bourgohne.
        Und er ist
Ein großer General!

Harry.
        Nun, um so schöner
Und ehrenvoller ist der Kampf mit ihm!

Bourgohne.
Vor keinem Kampfe beb' ich feig zurück!
Ich hab's bewiesen! Diese Narben sind
Ein sprechend Zeugniß — Schlachten und Duelle
Mein täglich Brot! Ein Raufer war ich oft,
Ein Gladiator! Kämpfen nur heißt leben,
Sei's mit dem Schwert, sei's mit des Wortes Blitz!
Mein krankes Blut bedarf der frischen Wallung —
Der Gegner scheint mir würdig, hoch der Preis!

So gebt mir jetzt die Waffen in die
    Hand;
Denn prüfen muß ich, ob sie scharf
    genug!
Sulivan.
Mit Freuden, Obrist! Keine Täusch=
    ung war's!
Ihr seid der rechte Mann! Ihr wißt,
    die Stimme
Der Nation erhebt sich gegen Clive,
Der ein Despot in Indien geherrscht,
Und widerrechtlich Millionen scharrte.
Stellt Ihr die Motion und klagt ihn an!
Bourgohne.
Ich bin ein Neuling noch in dieser
    Sache!
Sulivan.
Ihr werdet klar sehn, zweifelt nicht!
    Ich will
Die Nichte nur begrüßen, und dann
    folgt mir
In mein Gemach. Dort will ich Euch
Das zeigen, was in meinen Händen ist
Von Briefen und Berichten. Einig sind
Wir Direktoren unsrer Kompagnie,
Daß seine Schuld bewiesen, daß sein
    Gold
Geraubt, sein Ruhm befleckt. mit schwe=
    rem Makel —
Ihr werdet's bald mit eignen Augen
    sehn!
Und meinen Dank verbürg' ich Euch —
    Ihr wißt,
Was er bedeutet!
Bourgohne.
    Wohl, ich folge gern!
Mich lockt nicht nur der Preis, der
    Kampf, der Kampf
Mit einem Gegner, der das irb'sche
    Maß
In Ruhm und Reichthum frevelnd
    überschritten —
Ist seine Schuld mir klar, so zögr' ich
    nicht —
Ich habe Lust, die Nemesis zu spielen.
    (Ab mit Sulivan.)

Harry.
Zu Pferd! Die Sonne neigt sich schon
    nach Westen!
Nach Claremont, wo mein Abendstern
    mir schimmert.
Doch insgeheim mich jetzt zum dritten
    Mal
Hinüberstehlen, hieße allzusehr
Das Gastrecht kränken — nein, ich
    muß die schöne
Cousine in's Vertrauen ziehn. Sie
    kommt!

Vierter Auftritt.
Arabella. Harry.
Arabella.
Du hier! Doch wo ist Bourgohne?
Harry.
    Eben ging
Mit meinem Vater er in's Schloß
    hinüber.
Arabella.
Ich such' ihn überall! Er soll uns bald
Sein Lustspiel in der Laube lesen!
Harry.
Ich muß um Urlaub bitten, Lady —
Arabella.
Den dritten Abend schon verläßt Du
    uns?
Ei, Vetter, das ist seltsam!
Harry.
    Achtet nicht
Auf meine Launen, denn ein Son=
    derling
Sucht gern die Einsamkeit.
Arabella.
    Wie unser Nachbar,
Der seltne große Mann! Ich traf ihn
    jüngst
Auf seinem Lieblingsplatz im Buchen=
    grund,
Und was er sprach, das klang mir in
    das Ohr
Wie Offenbarung eines Dämons, der
Das Innerste der kranken Welt zer=
    wühlt —

Wie? Oder gilt ihm der Besuch, und
    wollt
Ihr ihn verbergen vor des Vaters
    Groll?
Harry.
Ihr irrt! Mich zieht das Herz nicht
    hin zu großen
Verbrechern!
Arabella.
    Wie, Verbrechern?
Harry.
        Nun, die Lösung
Des Räthsels wird Euch nicht be=
    fremdlich sein —
Ich liebe!
Arabella.
    Doch nicht etwa mich? Ihr seht
Mich mit gar eignen Augen an —
    nicht mich,
Um's Himmelswillen nicht, mein lieber
    Harry!
Harry.
Befürchtet nichts!
Arabella.
       So waren diese Blicke
Ein Wechsel nur, den ich giriren soll
An irgend eine unbekannte Schöne!
Harry.
So ist's!
Arabella (setzt sich).
Ich bin neugierig — sprecht, wer ist's,
Der unsern Plato hier besiegt? Gewiß,
Ein Abglanz von den ewigen Ideen
Des Guten, Wahren, Schönen muß
    die Stirn
Ihr krönen; denn ein Harry Sulivan
Nimmt mit Gemeinem nicht vorlieb —
    dem sind
Wir alle reizlos, ohne Sinn und
    Werth.
Harry.
Ihr irrt! Ein still Naturkind, sanft und
    schlicht,
Hat mich bekehrt! Ein seltsam fremdes
    Wesen —

Ein Kind der Tropen, einer andern
    Sonne —
Wie die Gazelle scheu, und träumerisch
Wie eine Lotusblume, die der Ganga
Mit seinen heil'gen Fluthen küßt —
Arabella.
        Doch nicht
Die kleine Sita —
Harry.
    Wie Ihr rathen könnt!
Ich sah in London sie in Berkley=square
Bei einem großen Fest, das Clive gab,
Das einz'ge Mal, wo er die Welt ihr
    zeigte!
Verzaubert stand ich, und verzaubert
    war
Die Welt umher — der Saal ein
    Mangowald,
Die edlen Lord's, sie mögen's mir ver=
    zeihn,
Nur Affen, Tiger oder Elephanten!
Sie aber war Sakuntala!
Arabella.
        Ihr schwärmt!
Harry.
Ein Traum nur schien mir dies Be=
    gegnen — Monde
Vergingen — jetzt sah ich sie wieder!
    Euch
Verdank' ich diese hohe Gunst! Denn
    hättet
Ihr uns hierher nicht gastlich einge=
    laden —
Arabella.
Wo habt Ihr sie gesehn?
Harry.
        Den ersten Abend,
Als ich von Eurem Kreis mich trennte,
    weil
Ein unerklärlich Ahnen mich durch=
    zittert,
Wie süßes Unheil oder bittre Lust,
Da naht' ich Claremonts Mauern mich,
    und sah
Sie auf dem Kahn im großen Teich —
    ein Bild,

Wie's zauberhell mir vor der Seele
stand!
Schon zweimal wagt' ich heimlich mich
zu ihr.
Arabella.
Seid Ihr mit Eurer Beichte jetzt zu
Ende?
Harry.
Ich bin zu Ende! Eine Frage noch —
Was wißt Ihr selbst von Sita? Und
— wer ist sie?
Wie kommt sie in das Haus des dü=
stern Lord's?
Arabella.
Sie gilt für seine Tochter!
Harry.
Seine Tochter?
Das wolle Gott nicht!
Arabella.
Sicher könnt Ihr sein,
Sie stammt aus Hindostan, ist eine
Pflanze
Von seltner Art! Wie, hab' ich's nicht
gedacht?
Absonderliches nur erregt das Herz
Des nie besiegten Vetters! Unser Teint
Gefällt ihm nicht — alltäglich ala=
bastern!
Er will die Schrift der fremden Sonne
lesen!
Nun immerhin! Hier hast Du meinen
Segen
Und einen Urlaub ohne jede Frist! —
(Steht auf.)
Harry.
Ich danke Dir! Entschuld'ge mich bei
allen,
Wie Du's ersinnen magst! Doch mein
Geheimniß
Gieb Keinem Preis! Zu Pferd! Sie
harrt gewiß!
Laßt uns das süße Mährchen weiter
träumen!
Wir fragen nicht nach seinem letzten
Wort! (Ab.)

Arabella.
Ein thöricht Herz, wie dies in meiner
Brust!
Ich muß es ja vor Allen hier verbergen,
Was mich beseelt, erfüllt! Wie kahl,
wie todt
Das Leben rings, wie ärmlich diese
Geister —
Ja, Clive, du hast das Leben mir ver=
dunkelt
Durch dein dämonisch Bild —
Seit ich den finstern Mann in Clare=
mont sah,
Tritt mir des Lebens Ernst gespenstisch
nah.
Da ängstigt mich der Scherz, ich fühl's
mit Beben:
Ein großes Trauerspiel — das Men=
schenleben! (Ab.)

Verwandlung.

Szene: Park in Claremont. Im Hintergrunde
das Schloß. Davor ein von Trauerweiden
umgebener Teich. Rechts dichtes Gebüsch.
Links eine Moosbank unter einer Eiche.

Fünfter Auftritt.

Obrist Forde (lahm), Lord Gren=
ville und Count Vernon (führend,
von rechts).

Forde.
Das wird ihn freun, Ihr Herrn! Ich
eil' ihm nach,
Dort unter jenen Buchen wird er
weilen,
Das ist sein Lieblingsgang! Ich fliege
schon,
Wie Gott Merkur, am Stab, doch
etwas lahm —
O prächtig, prächtig — rührt's mich
fast zu Thränen!
Erquicken wird ihn diese Anerkennung!
Das kommt wie Regen auf ein durstig
Land!
Nun, lahmer Stelzfuß, borg' der Seele
Schwingen!
(Hinkt nach links über die Bühne.)
Doch sieh, er kommt entgegen seinem
Glück,

Erspart den Weg mir — das ist menschenfreundlich.
Halloh, halloh! Ich steck' die Flagge auf;
Denn meine Seele flaggt mit allen Wimpeln!
Nur schnell, Mylord von Plassey, blitzesschnell!
Des Königs Abgesandte harren hier!

Sechster Auftritt.

Clive (von links). Vorige.

Clive.
Willkommen, edle Lord's!

Grenville.
Wir kommen heut
Als Gäste nicht — ein hoher Auftrag führt
Uns her, dem wir zu folgen freudig eilten —
Doch schnell von dannen ruft uns unsre Pflicht!

Clive.
So laß ich Euch nicht ziehn — so liebe Gäste
Erhellen mir das düstre Claremont, und
Ich hoffe, nicht, gleich einem flücht'gen Blitz —

Grenville.
Erst unsern Auftrag! Unser Herr, der König,
Will länger nicht in Schuld des Dankes bleiben
Wider den größten seiner Unterthanen,
Dem er der Krone schönsten Schmuck verdankt!
In Anerkennung, daß Ihr, edler Lord,
Durch jenen wunderbaren Sieg von Plassey
Das Reich des Großmoguls erschüttert habt,
Bengalen, Bahar und Orissa
Als Lehen zugefügt dem Reich der Britten
Und unserm Dreizack so in Asien
Der heil'gen Ströme Fluthen unterworfen,
In Anerkennung, daß Ihr diese Lande
Verwaltet jahrelang mit großem Sinn,
Ein brittisch Szepter über sie geschwungen,
Den Geist des Westens ihnen eingehaucht,
Den Geist der Bildung, Sitte, Thätigkeit:
Ernennt Euch Seine Majestät der König
Zum Lordlieutnant von Montgomeryshire
Als Zeichen Seiner Huld und Seiner Gnade.

Vernon.
Empfangt das Dokument aus meiner Hand!
(Ueberreicht das Dokument Clive.)

Forde (den Hut schwingend).
Gott schütze den König!

Clive.
Sagt Seiner Majestät pflichtschuld'gen Dank!
Laßt Eure Hand mich schütteln — Freundeshand
Zu schütteln thut mir wohl! Was ich gethan,
War meine Pflicht, und mehr — des Herzens Drang!
Hinaus in's Leben trieb mich kühnes Wagen,
Und mit dem Degen wollt' ich dem Geschick
Abtrotzen Ruhm und Glück — o wüßtet Ihr,
Wie viele unvernarbte Wunden ich
Aus Indien heimgebracht! O was wir thun,
Wir thun's im Schweiße unsres Angesichts,
Verfolgt vom Fluch selbst, wo wir Ew'ges baun!
Und was die Welt als Größe anstaunt, was
Sich über Niedres zu den Sternen hebt —

Es steht nur auf dem Weh der Krea=
  turen!
Das ist's, was mir am Herzen nagt,
  Mylord's!
Mein Herz verzehrt der Menschheit
  Weh — und oft
Noch mehr, daß sie's verdient!
             Grenville.
             Des Königs Dank,
Der Dank der Nation —
             Clive.
                   Er übertäubt
Die Stimme nicht in mir! Die Häup=
  ter derer,
Die ich gerichtet, grinsen oft mich an
Vom Himmel meines Bettes! Ihre
  Schuld
War's einzig, daß sie meinen Weg ge=
  kreuzt —
Doch — laßt das, laßt das! Larven,
  Todtenköpfe —
Was ist das Leben als ein Masken=
  scherz,
Ein kurzes Heute! und ein langes
  Morgen —
Dann tragen wir ja selbst den Todten=
  kopf,
Den wir für eine kurze Lüge tauschten
Mit diesem, der sich auf dem Hals uns
  dreht
Und gegen Sonn' und Mond Gesichter
  schneidet!
             Grenville.
O welche finstre Stimmung, edler Lord!
Laßt diese Grillen! O Ihr lebt zu
  einsam,
Seit Ihr in England seid! Wohl
  hofften wir,
Der Jubel dieses Volks, das Euch be=
  grüßte,
Des Königs Huld, die Euch entgegen=
  kommt —
             Clive.
Entschuldigt, edle Herrn! Dem düstern
  Hang
Gehorcht' ich in dem schönsten Augen=
  blick,

Der mich seit langer Zeit begrüßt!
  Ich dank' Euch
Und rechne drauf, daß Ihr als meine
  Gäste
Den Dämon bannen helft!
             Grenville.
             So gern wir weilten —
Gesattelt stehn dort unsre Rosse, Lord,
Uns schnell zurück zu tragen!
             Vernon.
                   Unser Herr,
Der König, harrt der Rückkehr!
             Grenville.
                   Ich bekenne,
Daß wir uns fortgestohlen, selber Euch
Ein Herold seiner Huld zu sein! O
  bleibt,
Bleibt hier, und laßt den Abendsonnen=
  glanz,
Der golden durch die grünen Zweige
  zittert,
Die Seele Euch erhellen! Lebet wohl!
             Vernon.
Lebt wohl!
             Clive.
Noch einmal meinen wärmsten Dank!
Ihr legtet Balsam auf die Wunde,
  Lord's!
Der Himmel lohn' es Euch!
             Forbe.
                   Ich werde sie
Geleiten! Sturmschritt, Sturmschritt!
  Blitz und Tod!
Heut könnt' ich fliegen durch die Welt,
  die sonst
Wie schweres Blei sich an den Fuß
  mir hängt!
(Forbe, Vernon, Grenville nach rechts ab.)
             Clive.
Dies Pergament! Wie hab' ich's lang
  ersehnt,
Daß mir des Königs Huld entgegen=
  kommt.
Was kann mir diese todte Rolle bieten,
Was Rang und Titel? Jetzt, in meiner
  Hand

Erscheint mir dies so welk, so mürb,
  so todt,
Als wär's aus einer Pyramide Schooß,
Aus einem Schlummer von Jahr=
  tausenden
An's Licht herausgegraben! Und ich
  trag's
Wie eine Mumie in meiner Hand!
Ein schweres Siegel an des Ruhmes
  Urkund'
Hängt — mein Gewissen! Löst es ab
  davon,
Schutzgeister meines Lebens, die ihr mir
Ein freundlich Lächeln schenken wollt
  — löst's ab!
Mir flüstert eine Stimme in das Ohr:
Die Welt bewundert dich und deine
  Größe!
Doch nur Verrath half dir den Sieg
  erfechten,
Und hat dich nicht ein schnöder Preis
  verlockt?
Nein, ruft es wieder, nein! Was du
  gethan,
Du hast es für das Vaterland voll=
  bracht;
Dir war's erlaubt, ein frei Geschenk
  zu nehmen!
Doch wieder taucht es auf, ein schwarzer
  Punkt,
Der vor dem Aug' mir tanzt und immer
  wächst
Und wächst, bis er die Sonne mir ver=
  hüllt —
Dies schnöde Gold half dich zum
  Helden machen —
Du nahmst es, ja, du hast es noch!
  O Qual,
O grüblerisch Gewissen, das mit Na=
  deln
Mich martert und zersticht!

Sita (singt hinter der Szene).
Die Sonne bei Tag, der Mond bei
  Nacht,
Sie küssen die Lotosblume!
Bei Tag und Nacht ein Bienchen wacht
In ihrem Heiligthume!

Clive.
O meiner Sita Stimme! Sie allein
Verscheucht die bösen Geister, die mich
  quälen.
Neu wachsen mir der Seele Schwingen,
  welche
Die heiße Sonne meines Lebens
  schmolz.

Sita (näher hinter der Szene).
O süßer Kerker, sel'ge Haft —
Vergraben in Lust und Wonne!
Blaß wird der Mond vor Leidenschaft
Und neidisch blickt die Sonne.

(Während der letzten Verse ist sie im Kahn auf dem Teich sichtbar geworden; einen Schilf=
kranz im Haar, landet sie und steigt aus.)

Siebenter Auftritt.
Sita. Clive.

Sita.
Mein Vater! (Beiseite.) Wie, mein Vater
  hier? — Um Gott,
Wenn er nur jetzt nicht käme!

Clive.
              Meine Sita!
Gazellenäugig Kind, mein einz'ger
  Trost!
O sieh empor aus Deinen seidnen
  Wimpern
Mit diesem Aug', aus dem die Un=
  schuld träumt,
Dem ahnungslosen Aug', das nur noch
  Blumen
Und Sterne, aber keinen Frevel sah,
Dem Spiegel einer Welt, wie Gott
  sie schuf,
Eh' sich die Schlange in sein Eden
  schlich!

Sita.
O Gott, mein Vater! (Bedeckt die Augen
  mit der Hand.)

Clive.
  Was beängstigt Dich?

Sita.
Nichts, nichts!

Clive.
Hier soll es Licht sein, ewig Licht!

Sita.
Ich fühl' mich unwerth Deiner großen
    Liebe!
Was bin ich Dir? Ein lustig spielend
    Kind,
Das hüpft und tanzt zum Cymbelklang
    und singt
Und kleine gauklerische Künste treibt,
Die Dir hinweg die Stunden scherzen!
    Vater!
Doch wenn ich älter, wenn ich anders
    werde,
Wenn mir die Welt die Flügelchen ge=
    stutzt,
Mit denen lustig Dich Dein Kind um=
    gaukelt —
Clive.
Du bleibst stets meine Sita!
Sita.
        Nein, mein Vater!
Denk' Dir, wenn ich wie Du die Arme
    kreuze,
Die Stirn in Falten lege — so —
    ganz ernst,
Gedankenvoll, nach ind'scher Büßer Art
Bewegungslos verharre Tag für Tag,
Was wird Dir Deine Sita dann?
Clive.
        Lieb' ich
Denn in der Tochter meine Sklavin
    nur,
Daß sie Zufriedenheit in's Herz mir
    lächle?
Sita.
Und sieh — ich scherze nicht, jetzt kommt
    mir's oft,
Daß ich in's Blaue starre stundenlang,
So wie ein Derwisch, der am Felsen=
    thor
Der Ganga sitzt — und daß ich weinen
    möchte —
Ich weiß es nicht warum! Du sagst
    mir oft,
Du hassest alle Menschen — nun, so
    haß ich
Jetzt unsre Affen alle; den Hanuman,

Der sonst mein Liebling war, ich mag
    ihn nicht!
Ich jag' ihn mit dem Bambus fort!
    Und ruft
Der Papagei mich, werd' ich wild vor
    Zorn —
Ich will mich nicht so häßlich rufen
    lassen.
Clive.
Was geht denn mit Dir vor, mein
    Kind?
Sita.
        Du siehst,
Es wächst in mir Dein kleines Eben=
    bild,
Und das ist schlimm, sehr schlimm!
    Denn werd' ich groß,
So sehn wir uns verdrießlich an, wie
    Sonn'
Und Erde, wenn der Mond dazwischen
    schlich —
O Vater — und warum denn muß
    ich weinen?
Die Welt ist doch so schön!
Clive (für sich).
        Wie räthselhaft!
So spricht die Liebe nur!
Sita.
Dreh' ich mich, wie der Blitz im Kreis,
Schling' ich den Shawl, wenn laut
    die Cymbeln tönen,
Wieg' ich mich hoch in der Platane
    Wipfel,
Laß mich zur Erde und zur Sonne
    schaukeln,
Da fühl' ich meines Herzens stürmisch
    Schlagen,
Dann treibt es mich, die Arme aus=
    zubreiten,
Als wär' ein unbekannter Gott mir nah!
Clive (Beiseite).
Ich muß auf ihre Schritte achten —
    muß!
Hier droht Gefahr! Sie schaut sich
    ängstlich um
Verlegen war sie, als sie kam — ich laß
Sie jetzt nicht lang allein!

Achter Auftritt.

Forbe (von rechts). Vorige.

Forbe.
O frohe Botschaft!
Der Sulivan ist aus dem Sattel, Freund —
Er schwingt nicht mehr den Präsidentenhammer!

Clive.
Mein Mittel hat gewirkt — o schnöde Welt!
Gebt mir zum Lohn den Osten, und mir ist
Der ganze Westen feil!

Forbe.
Auch meld' ich, Freund,
Dir einen neuen Gast — den Elephanten,
Den Du dem König schenken willst — Ha Blitz
Und Tod — das ist ein Thier! Ich wünscht', er packte
Die beiden Sulivans mit seinem Rüssel
Und würf' sie zu den Sternen!

Clive.
Wohl, ich komme!

Forbe.
Auch ist die Post von Indien da, mit ihr
Die dreißigtausend Pfund, die Dir dein Lehen
Abwarf im letzten Jahr — und Wedderburn
Harrt Deines Auftrags!

Clive.
Quäl mich nicht — ich bin
Heut nicht gestimmt zu zählen und zu rechnen —
Verwünschter Mammon, deine Fesseln fühl' ich!
In Claremont ist's zu düster mir — er soll
Mein Schloß in Shropshire ausbaun, und in Bath
Lord Chatam's Haus mir kaufen — sagt es ihm!
Ich sprech' ihn heut nicht selbst! Auch mach' ich ihm
Das Landhaus dort in Surrey zum Geschenk,
Das neulich er mir pries!

Forbe.
O solch ein Lehen,
Ein Götterlehen — dreißigtausend Pfund —

Clive.
Wie dreißigtausend Zentner ruht's auf mir,
Meer Jaffier's vielbeneidetes Geschenk,
O dies Geschenk, um das sie meine Ehre
Mir kränken, und um das mit Vampyrflug
Surajah Dowlah's blut'ger Schatten schwebt!
Fort, fort! Mir durch die Hand nur rollt das Gold,
Dann in die Welt, um neue Schmach zu brüten!
Auf Wiedersehn, mein Kind !
(Zu Forbe) Komm, Deinen Arm!
So ging's in Plassey's Schlachtendonner einst,
Und auseinanderstob die Uebermacht!
(Auf Forbe's lahmes Bein zeigend.)
Hier trägst Du dein — Memento! Ich — im Herzen!
Doch Du bist müd', mein Freund — ich will Dich führen!
(Clive und Forbe nach links ab.)

Neunter Auftritt.

Sita (allein). Harry.

Sita.
Erschreckend schlug der Name mir in's Ohr,
Der in den Tiefen meines Herzens lebt.
Warum verschwieg ich's denn, was mich beglückt?
Und wie ein Bienchen um die Blume schwebt,
So schwebt auf meiner Lippe das Geheimniß,

Und doch — ich will den Vater nicht
    erschrecken.
Er liebt mich so, daß er's nicht tragen
    könnte,
Von einem Andern mich geliebt zu sehn!
Geliebt? Und ist's denn Liebe? Rauscht
    es nicht
Im Laub? Mir pocht das Herz! Ob's
    Liebe ist,
Das weiß ich nicht! Doch Glück ist's,
    endlos Glück!
Er kommt! Er ist's!
            Harry (tritt von links auf).
            Wir sind allein? O Sita!
Wie sehn' ich mich nach diesem Augen=
    blick!
Schilfgöttin, Wassernixe! Wie der
    Kranz
Dich herrlich schmückt!
            Sita.
            Der Vater ging so eben!
            Harry.
Ich sah des Nachens Wimpel lustig
    wehn —
Das Zeichen, daß wir unbelauscht!
            Sita.
                    Verzeih,
Daß ich vergaß, die Flagge einzuziehn!
Ich fuhr im Teich! Die Wasser lockten
    mich
Heut mehr als je in ihre stille Tiefe!
Dort möcht' ich wohnen — nicht allein
    — mit Dir!
Hier oben ängstigt mich das Licht der
    Sonnen,
Hier oben zittr' ich wie das Laub im
    Wind!
Gebadet ewig in dem kühlen Bronnen,
Da wär' ich selig, frisch, der Tiefe Kind.
            Harry.
Ein seltsam Kind, fürwahr! Wer bist
    Du, sprich!
Nicht das Geheimniß reizt mich länger
    — offen
Tritt in mein Leben einer Sonne
    gleich!

            Sita.
Ich bin ein Kind des fernen Hindostan,
Die Mutter hab' ich nie gekannt, doch
    war
Sie hoher Abkunft von des Volkes
    Ersten.
Sie starb, so sagt man, gleich nach der
    Geburt.
            Harry.
Und wer, Brahmanenkind, wer ist Dein
    Vater?
            Sita.
Lord Clive.
            Harry.
Unmöglich.
            Sita.
            Ja ich lieb' ihn heiß,
Wie je ein Kind den Vater liebte!
            Harry.
                    Sita!
Das wälzte Berge zwischen uns! Nein,
    nein!
O hör' mich, Sita! Kind des großen
    Ostens!
Beim Abendstern, der auch dem Mor=
    gen leuchtet —
Als ich Dich sah, da sprach mein ahnend
    Herz:
Das ist das Wunder, das ich lang ge=
    sucht
In einer Welt, die keine Wunder kennt.
Das ist ein Blühen, wie die Blume
    blüht,
Das ist ein Wandeln, wie die Sterne
    wandeln.
Du bist die Offenbarung der Natur,
Und ihre Schwingen alle sind die
    Deinen.
Drum bist Du einzig, wie sie selber ist!
Dich lieben heißt die ganze Welt be=
    graben,
An ihrer ew'gen Seele sich zu laben.
            Sita.
Das ist Musik, ist Cymbelklang — ich
    lausche
Entzückt und jauchze, hör' ich Deine
    Worte!

Harry.
                    Doch heiß, wie ich
Dich liebe, haß' ich ihn, der Dich be=
  schützt!
Und weißt Du's nicht, Du Blume
  Hindostans,
Daß er das Volk, dem Deine eigne
  Mutter
Entstammt, mißhandelt, in den Staub
  getreten?
Sita.
O, Dolche sprichst Du, Dolche! Er,
  der mich
Von Jugend auf gepflegt, den ich ver=
  ehre
Wie einen Gott —
Harry.
            Befleckt mit blut'gen Freveln
Ist seine Hand!
Sita.
Halt ein! Du bist mir schrecklich!
Ich flieh' von Dir! Zerreiß mir nicht
  das Herz —
Du willst mir rauben, was mir heilig ist,
Des Vaters Liebe, dieses Hauses Herd.
Du streust den Argwohn mir in's Herz
  — nein, nein!
O, widerruf's — und laß mich glück=
  lich sein!
Harry.
Es ist die Wahrheit! Tochter Hindo=
  stans!
Verrätherin an Deinem Vaterland!
Du liebst den Räuber, seiner Fürsten
  Mörder,
Vergötterst den Würgengel Deines
  Volks!
Sita.
Das sagst Du, Harry! Ist er doch ein
  Krieger,
Der Eure Fahnen trägt!
Harry.
            Und der sie schändet!
Sita.
Er ist mein Vater!
Harry.
        Reiß Dich los von ihm!

Nur wenn Du ihn verläugnest, wirst
  Du mein!
Ich will Dir eine neue Heimath
  gründen.

Zehnter Auftritt.
Clive (rasch vortretend). Vorige.

Clive.
Mein Liebstes raubst Du, Harry Su=
  livan!
Zerschmett're Dich der Frevel!
Harry.
          Wie — der Lord!
Sita.
Mein Vater!
Clive.
        Keine Bande halten Dich!
Frei bist Du, Sita, frei ist Deine Wahl!
Folg' Du dem Fremdling, dessen junge
  Liebe
Nach Tagen zählt — folg' Deines
  Vaters Feind,
Und laß mich einsam hier mit meinem
  Gram.
Harry.
O folg' mir, Sita! Glaub's, ich
  schütze Dich.
Sita (sinkt nach langem Kampfe dem Clive in
    die Arme).
Mein Vater!
Harry.
Sita!
Clive.
        Wußt' ich's doch,
Ein gutes Kind verläßt den Vater nicht,
Noch wehn des Friedens Palmen über
  mir!
(Zu Harry) Hinweg! Ihr bracht, ein
  Tiger, in die Hürde!
Hinweg! Wenn Ihr's zum zweiten
  Male wagt —
Glaubt mir, ich weiß, wie man die
  Tiger jagt!
(Gruppe, Harry wendet sich zum Abgehen. Der
    Vorhang fällt.)

Zweiter Aufzug.

Szene: Eine offene Veranda. Im Hintergrunde der Park. Links im Vordergrunde in der zweiten Kulisse eine prächtige Ottomane unter einer Art Laube von exotischen Pflanzen. Davor ein Tisch, auf dem eine Klingel steht. Prachtvolle Teppiche. In der ersten Kulisse eine Seitenthüre; ebenso rechts eine Seitenthüre. Im Hintergrunde eine Fontaine.

Erster Auftritt.

Matali (von hinten).

Endlich am Ziel! Auf gnäd'gem Rücken
    trug mich
Der Ozean vom fernen Hindostan
Bis an die Küsten dieser Insel,
Hier wo der Mörder meines Vaters lebt,
Wo ich die Schwester suche! O der
    Name
Des Mannes ist bekannt hier, wie der
    Name
Des Schlangengotts im Land der Lotosblumen.
Nicht lange zu erfragen braucht' ich ihn,
Mir zeigte jedes Kind den Weg zum
    Lord!
(Zieht den Dolch.)
So schütze Deinen Boten, finstrer Gott,
Der Du im Sturmgewölk des Himalaya
Wie in den erdgebornen Flammen
    thronst,
Und laß der Rache blut'ges Werk gelingen!

Zweiter Auftritt.

Sita (von links). Matali.

Matali (den Dolch verbergend).
Man kommt! Wer ist's?
O meiner Heimath Farbe!
Wenn sie es wäre —

Sita (ihn nicht bemerkend, bei den Blumen).
Reizende Kesara,
Der Bienen Liebling, neigst du hier
    dein Haupt
Mit seinem goldnen Diadem in Trauer?
Und du, Madhawiwinde, sehnst du dich
Umsonst nach einem duft'gen Amrabaum,
Mit deinen Feuerblumen ihn zu
    schmücken?
Die Blumen welken an der fremden
    Sonne.

Matali.
Wenn sie es wäre, meine Schwester
    Sita!
Ich rufe: Sita — Sita —

Sita.
    Ha, wer ruft!
Ein Hindu?

Matali.
    Ja, der Name traf ihr Herz.
Ihr Auge rührt mit Zauberkraft das
    meine!

Sita.
Wer bist Du und was suchst Du?

Matali.
    Wer ich bin?
Dir fremd und doch so nah!

Sita.
    Du kommst vom Osten?

Matali.
Vom großen Ganga bring' ich Dir den
    Gruß,
Vom Lotos, von der Riesenbanyane,
In deren Blättern Brahma's Odem
    zittert.
Bist Du das Kind, das uns'res Volkes
    Feind
Aus seiner Heimath mit nach Westen
    nahm?

Sita.
Ich bin das Kind Lord Clive's!

Matali.
Du bist die Tochter dieses Mannes
    nicht,
Der unser Volk getreten in den Staub,
Bist Sita, bist Suraja Dowlah's Kind,
Des hingewürgten Fürsten von Bengalen.

Sita.
Und Du — und Du —

Matali.
Ich bin sein Sohn — Dein Bruder!
Sita.
Unmöglich — nein, ich kann's, ich will's
nicht glauben!
Matali.
Als er, der Briten blut'ges Opfer, fiel,
Als unsre Mutter in das Flammengrab
Ihm nachgefolgt nach unsres Volkes
Sitte,
Geriethst Du in des fremden Mannes
Hand,
Der Dich wie eine Tochter auferzogen.
Ich aber ward verschlagen tief in's Land,
Einsiedlerisch von einem frommen
Mann
Im heil'gen Hain erzogen! Spät erfuhr
Ich erst von ihm das Räthsel meiner
Herkunft,
Der Eltern Loos! Dann weiht' ich in
Benares
Dem Dienst des Schlangengottes mich
und schloß
Mich der geheimnißvollen Sekte an,
Die eine selt'ne Sendung mir vertraut.
Erst in Kalkutta sagte mir ein Mann,
Der lang in dieses Omra Diensten war,
Daß eine Schwester Sita mir noch lebe,
Die aus den Flammen von Moorshe=
babad
Gefallen in der Landesfeinde Hand,
Und von Lord Clive, dem Omra, auf=
erzogen —
Du stehst und sinnst und glaubst dem
Bruder nicht?
Sita.
Ich steh' und sinne: denn das Leben
schaut
Mich jetzt mit andern, fremden
Augen an!
Wär's Wahrheit? Wär' der Lord mein
Vater nicht?
O Harry, Harry!
Matali.
Und Du zweifelst noch?
Sita.
Vergieb mir, wenn ich zweifle!

Nimm meine Hand! Bist Du mein
Bruder nicht,
So bist Du doch derselben Sonne Kind,
So stand doch an der Ganga uns're
Wiege.
Er selber soll mir diese Zweifel lösen,
Und löst er sie —
Matali.
Dann folgst Du mir zurück
In unsre Heimath über's Meer —
wenn mir
Das Werk gelungen ist —
Sita.
Und welch
Ein Werk?
Matali.
Ein Werk des Todes und der Rache.
Sita.
Ich zitt're vor dem wilden Blick!
Matali.
Hast Du
Verlernt der Heimath Glauben? Kennst
Du nicht
Den finstern Siva? O sein Reich ist
groß —
Ja, Sita, dieser Dolch hier ist geweiht,
Des Vaters Tod zu rächen.
Sink auf die Kniee nieder in den Staub,
Und fleh' zu Siva, daß mein Werk ge=
linge!
Sita.
Nicht blut'ge Rache, Bruder!
Matali.
Christendirne!
Du schwörst dem Mörder Haß und
Untergang,
Und flehst zu Siva, daß mein Werk
gelinge!
Sita.
Nein, nimmermehr! Der Gott der
Liebe wacht —
Sein Reich ist Licht, er haßt das Werk
der Nacht!
Matali.
Treulose! — Das ist meine Schwester
nicht!

2*

(Für sich) Doch still, unmuthig pochend
 Herz, nur still!
Sie könnte mich verrathen vor der Zeit!
(Laut) Du zweifelst noch, ob ich Dein
 Bruder sei!
So frag' den Lord, ob Du Surajah's
 Kind!
Und wenn er's läugnet, rufe mich —
 ich hab'
Ein Mittel, um die Antwort zu er=
 zwingen.

   Sita.
Wär's möglich? Banges Ahnen faßt
 das Herz,
Es schwankt der Grund, auf dem mein
 Leben ruht.
Ja, Klarheit will ich, Klarheit muß ich
 haben;
Denn dieser Zweifel Last erdrückt die
 Brust.

   Matali.
Ich harr' im Parke draußen Deines
 Rufs!

   Sita.
Dein Aussehn schreckt mich — keine
 wilde That! (Ab nach links.)

   Matali.
Ja, lauern will ich dort auf meinen
 Raub,
So wie der Tiger tief im Jungle lauert,
Begierlich, wie mit seinem Glutenaug'
Die Sonn' anblinzend und die Zähne
 fletschend
Der Heimath Riesenthier durch's
 Dickicht schleicht.
Ich fühl's, wie meine Seele in die seine
Hinüberzuckt, um für ein künftig Leben
Sich dort die sichre Stätte zu bereiten!
Sein königlicher Geist durchschauert
 mich,
Ich wittre Blut, das mir entgegen=
 qualmt,
Und alle meine Sehnen spannen sich
Zum Tigersprung, der meinenFeind zer=
 malmt! (Stürzt fort nach hinten.)

Dritter Auftritt.

Webberburn. Clive. Forbe.

Clive (hält einen Brief in der Hand).
Unglaublich ist es!

   Webberburn.
  Was enthält der Brief?

   Forbe.
Was er enthält! Beim Jupiter! Die
 Pest,
Die Hölle, was weiß ich! Genug, sie
 fordern,
Vom Indiahouse, die edlen Herren,
 fordern:
Daß er die Briefe von Surajah Dowlah
Und Meer Jaffier in ihre Hände giebt,
Daraus den Grund zu einer Unter=
 suchung
Nach allen Formen Rechtens zu be=
 reiten.
O dieser Sulivan! Dies Parlament!

   Clive.
Herab von deinem Thron, du eitler
 Wahn,
Daß große Thaten vor Verläumdung
 schirmen!
Was ist der Ruhm? Noch eher, als
 der Leib,
Ein Mahl für Würmer.

   Forbe.
  Bravo, bravo, Lord!
Das ist die Tonart, die ich selber liebe,
So hab' ich meinen Staarmatz ab=
 gerichtet —
Mein Papagei ruft: pfui! Den ganzen
 Tag,
Pfui über diese Welt! So ist es Recht!

   Clive.
So denk' ich nicht, so denk ich diesmal
 nicht!
Ich will mich wehren bis auf's Blut,
 ich will
Hartnäckig meines Namens Ruhm ver=
 theid'gen —
Das bin ich mir und der Geschichte
 schuldig!

Wedderburn.

Du wirst
Die Briefe und die andern Dokumente
Doch nicht ausliefern?

Clive.

Nein, nein, meinen Henkern
Geb' ich das Messer nicht! In jenen Briefen
Liegt Manches, was als Schuld sich deuten läßt.

Forde.

Die ew'gen Grillen! Pah! Die Hindu sind
Halb Schlangen und halb Tiger!

Clive.

Was ich that,
Ich that's für Englands Ruhm und Macht — doch hier
Im Herzen nagt der Wurm! Zu ew'ger Qual
Hab' ich mich selbst verdammt — für's Vaterland!
Die Stimme der erstickten Menschlichkeit
Weckt in der Brust den späten Wiederhall.
(Sich aufraffend) Die Briefe sind nicht mehr in meiner Hand!
Das meine Antwort an das Komité!
Ha Sita, Sita!

Vierter Auftritt.
Sita (von links). Vorige.

Sita.

Was befiehlst Du, Lord?

Clive.

Nimm diesen Schlüssel! Im Gemäldesaal
Im Ebenholzschrank findest Du ein Kästchen —
Rechts oben mußt Du an der Feder drücken,
Da springt ein kleiner Felsentempel auf,
Ein indisch Kunstwerk, das den kleinen Schrein
Enthält — bring' ihn und schließe sorgsam zu!

Sita.

Wie Du befiehlst, mein Vater!
(Ab nach links.)

Wedderburn.

Wichtig ist
Der eine Punkt — wer wird der Kläger sein?
Wer hat den Muth, Dich anzuklagen? Glaub mir's,
Sie finden Keinen. Im Verborgnen schleicht
Bequem die gift'ge Lästerung, doch scheut sie
Der Sonne Licht! Du bist zu groß, zu mächtig!
Und wenn sie Einen finden, doch gewiß
Nicht einen Zweiten mehr nach diesem Ersten!
Den Ersten aber gilt's um jeden Preis
Zum Freund zu machen oder — zu beseit'gen!

Forde.

Ich schlag ihn hier mit meiner Krücke todt!

Clive.

O nein, wir stein'gen ihn mit Diamanten!
Das ist ein bess'res Mittel!

Sita (tritt wieder von links auf, ein Kästchen in der Hand).

Hier, mein Vater!
(Reicht Clive das Kästchen.)

Clive.

So leicht und doch so schwer! Ein ganzes Leben
Mit Schmerz und Lust, mit seiner Schuld und Größe!
So leicht und doch so schwer! Unheimlich Ding!
Spreng' ich den Deckel auf, so starren mich
Gespenstig die verblichnen Lettern an —
Und starre Knochenhände, die sie schrieben,
Sie greifen aus dem Grab nach mir — hinweg!

Nicht in der Feinde Hände sollst du
    fallen!
Dir, meine Sita, schenk' ich dieses
    Kästchen!
Du sollst es öffnen, wenn ich Asche bin,
Doch eher nicht! Dir wird es Wicht=
    ges künden!
Urkunden werthvoll, welche Dich be=
    treffen,
Legt' ich hier nieder! Doch Du findest
    mehr —
Du findest, was umsonst die Andern
    suchen!
Die Briefe Meer Jaffier's, Suraja
    Dowlah's.
Die größten, schwersten Jahre meines
    Lebens
Mit leserlichen Chiffern aufgezeichnet,
Den Schlüssel meines Ruhms und
    meiner Qual.
Und dieser Zauberschlüssel wird mein
    Bild
Dir aus der Asche neu zusammen=
    wehn,
Dies bleiche, gramburchfurchte Bild!
    Vielleicht —
Vielleicht fließt eine Thräne dann um
    mich,
Die einz'ge, die den Leichenstein mir
    netzt! (Giebt das Kästchen Sita.)
        Sita.
Ich danke Dir! Und darf ich fragen,
    Vater —
        Clive.
O frage nicht! Frag' nimmer! Geh',
    mein Kind!
Was uns, den Lebenden, Verwirrung
    bringt,
Wehmüthig mild mag es der Tod ver=
    künden.
Mit meinem Segen geh!
        Sita.
            Ich zweifle nicht!
Nur eine Schlange zischte mir ins Ohr.
Du bist mir hold und gut und bleibst
    — mein Vater!
(Umarmt Clive und geht mit dem Kästchen ab.)

        Clive.
Zu meinem Richter mach' ich dieses
    Kind!
Was ich dem Parlament von England
    weig're,
Ihm gab ich's in die Hand! Mein ist's
    nicht mehr!

Fünfter Auftritt.
Haushofmeister. Vorige.

Haushofmeister (meldend):
Die Lady Arabella Sommerset —
        Clive.
Wünscht mich zu sprechen?
        Haushofmeister.
            General Lord Clive,
Baron von Plassey — und allein!
        Webderburn.
            Das ist
Ja eine Nichte dieser Sulivans!
Gewiß ein Fallstrick!
        Forde.
            Ei, sie schicken schon
Die Bajaderen aus, um uns zu fangen!
        Clive.
Die Lady ist willkommen!
(Haushofmeister ab.)
        Forde.
            Sagt' ich's nicht?
        Webderburn.
Periculum in mora!
        Forde.
            Hüte Dich!
Wenn Frauen erst in Politik sich
    mischen,
Dann wird sie italienisch — Gift und
    Dolch!
Kommt, Webderburn — ein Gläschen
    Malaga!
Wenn Weiber beten, sagt der Satan
    Amen!
Ein Kreuz gemacht — und nun — in
    Gottes Namen!
(Hinkt, mit Webderburn im Arm, durch die Sei-
    tenthür rechts ab.)

Sechster Auftritt.
Clive. Arabella.

Clive.
Ich bin gespannt!

Arabella (tritt auf).
Entschuldigt, edler Lord!
Ich bring' hier ein, Euch Wicht'ges zu
verkünden!
Kränkt' ich die Sitte, wird's der Genius
Vergeben, dem ich meine Huld'gung
bringe!

Clive.
Nehmt Platz, Mylady, setzt Euch!

Arabella.
Nur im Flug
Begrüß' ich Euch! Wohl ziemt sich's
anders nicht —
Wer wollte lange in die Sonne schaun?
Mit wenigen, doch mit gewicht'gen
Worten
Sag' ich, was mich hierher führt!
Eure Feinde
Sind thätig, und mein Onkel Sulivan
Will Euch zu einem Staatsverbrecher
machen,
Und Euch im Parlament verklagen
lassen!
Ernst ist der Sache Stand — das
Parlament
Von England ein gewicht'ges Tribunal.

Clive.
Doch keinen Kläger findet Euer Onkel.

Arabella.
Der Kläger ist gefunden!

Clive.
Wie! gefunden?
Unmöglich, nein —

Arabella.
Dies grade führt mich her!

Clive.
Dank, Dank! Der Kläger ist gefunden
— sagt Ihr?
Wer ist es?

Arabella.
Obrist Bourgoyne!

Clive.
Obrist — Bourgoyne!
Er stellt die Motion?

Arabella.
Er wird sie stellen!

Clive.
Das ist der Todesstreich für meine
Ehre!
Im Parlament verklagt — und daß
sie's wagen!
Du tückisch Glücksrad, roll dem Ab-
grund zu!
Das geht mir an das Herz!

Arabella.
Mein edler Lord!

Clive.
Ihr seht mich schwach, Mylady! —
Diese Blumen,
Sie duften allzuwürzig — Indien
Hat mir ein Gift in's Blut gehaucht,
das mir
Die Seele schwärzt und einen Schwin-
del jagt
In's allzuheiße Hirn — dann muß
ich toben,
Gleich einem Rasenden.

Arabella.
Ich könnte weinen,
Euch so gequält zu sehn!

Clive.
Das klingt wie Mitleid!
Thau des Erbarmens — ach wie
öffnet sich
Die durst'ge Seele ihm! Ihr hört
mich rasen,
Und schaudert nicht vor mir?

Arabella.
Nur vor der Welt,
Die frech die Hand an solche Größe
legt!
Ihr seid der Cortez Eures Vaterlandes.
Ein mächtig Reich erlag vor Eurem
Schwert,
Und unsre Fahnen wehn bis tief in's
Herz

Von Hindostan!
So seh' ich Euch, so soll mein Volk
 Euch schauen —
Wer groß, wie Ihr, er mag sich selbst
 vertrauen!

Clive.
Ihr seid's? Ihr sprecht's — und
 seid ein sterblich Weib?
O wär' der Nachwelt Stimme so
 Musik
Für das berauschte Ohr! O Lady,
 Lady —

Arabella.
Ich kam nicht blos, Euch eine schlimme
 Kunde
Zu überbringen, nein, Mylord, ich
 biete
Euch meine Hülfe an. Ich kenne
 Bourgoyne —
Ja mehr, sein thöricht Herz ist mir
 geneigt.
Doch hat er sich dem Sulivan ver=
 pflichtet,
Ich zweifle nicht, für festgesetzten Preis!
Denn dieser Abenteurer, keck, begabt,
Mit scharfem Wort, von heißer Leiden=
 schaft,
Ist wankelmüthig, des Jahrhunderts
 Kind,
Ein Kind der Welt und feil für ihre
 Schätze!

Clive.
O da ist trostreich! Wie, so wär' es
 möglich?

Arabella.
Besucht mich morgen Abend! Tretet
 auf
Als Abgesandter Clive's — er kennt
 Euch nicht!
Versucht's und bietet einen höhern
 Preis.

Clive.
Das kann ich, will ich — eine Million!
Kein Andrer wagt's, wenn er zurück=
 getreten.

Meint Ihr's nicht so, Mylady? Meint
 Ihr nicht
Dies göttlich teuflische Metall? Tri=
 umph!
Ich schöpfe wieder Athem! Was dem
 Feldherrn
Und Staatsmann nicht gelang, dem
 Nabob wird's
Gelingen.

Arabella.
Baut zuerst auf Euer Gold
Und dann auf mich! So kommt Ihr
 morgen Abend?

Clive.
Ich komme! Eure Hand, Ihr seid
 mein Schutzgeist!

Arabella.
Mylord!
O zaub'r ich Euch ein frohes Lächeln
 wieder
In's Angesicht — des Lebens Heiter=
 keit,
Den würd'gen Lohn für alle großen
 Thaten —
Dann bring' ich jedes Opfer freudig
 dar!
In diese Thräne flüchtet mein Gefühl,
Sie mag Euch sagen, was mein Herz
 empfindet. (Rasch ab.)

Siebenter Auftritt.

Clive (allein).
Das klingt wie Liebe! An die Liebe
 glauben,
Ich kann es nicht! Es ist die Maske
 nur —
Schön ist sie, schön — ihr duftiges
 Gelock —
Das große Aug', so flammend aufge=
 schlagen —
Und mein, mein — wenn ich will!
 Mich liebt sie, mich —
Das königliche Weib in meinem
 Arm — —
Die Sterne taumeln neidisch aus dem
 Himmel!

Doch meine Millionen locken sie,
Sie heuchelt Liebe um des Geldes
  willen!
(Das Glas vom Tische nehmend und zer-
  schmetternd.)
Hinweg du Lüge mit des Weibes
  Antlitz!
Du bunte Schlange, die sich um mich
  ringelt —
Dein Hauch ist Gift und Tod — hin=
  weg, hinweg!
Ich will nicht Wonne, nicht Entzücken
  trinken
Aus einem Becher, den die Lüge reicht!
(Sich niedersetzend. Sita's Harfe ertönt von
  links.)
Da, sanft und mild, ein abendlicher
  Hauch,
Der aus dem Meere weht, das eben
  erst
Die Sonne an das Herz sich zog —
  da naht
Die Wahrheit und die Liebe! Sita!
  Sita!
Mein einzig Kleinod! Deine Harfe
  tönt!
O laß mich schweben
Mit deinen Tönen über diesem dunkeln
Abgrund des Menschenlebens und der
  Welt.
(Sitzt brütend, starr träumend auf der Ottomane.)

Achter Auftritt.

Sita (die Harfe in der Hand, von links).

Clive.

Sita (sieht nach rechts in den Park).

Er träumt — ich stör' ihn ungern —
  doch — ich muß!
Dort schleicht, dem Raubthier gleich,
  der fremde Mann
An der Veranda Säulen hin — mein
  Vater!
(Die Harfe an die Etagère lehnend).

Clive.

Was giebt's?

Sita.

  Ein Hindu ist hier eingekehrt,
Er sagt, daß er — mein Bruder sei!

Clive.

  Dein Bruder!

Sita.

Er lauert an den Säulen dort — hab
  Acht!

Clive.

Ich bin bewehrt — wie immer —
  fürchte Nichts!
Sei Du mein Spiegel!

Sita (hinter der Etagère sich verbergend, von
  wo aus sie die Veranda übersieht).
  Wohl, ich wache hier!

Matali.

Er ist's — des Henkers Bild — allein
  — nichts regt sich.
Sein Opfer will der Gott — o Siwa,
  Siwa!
Ein neuer Todtenschädel Dir zum
  Schmuck!
Mit Deinem Blitz bewehre Deinen
  Priester
Und meines Vaters Schatten schütze
  mich!
(Zieht den Dolch und eilt auf Clive los, Sita
stürzt entgegen, fällt ihm in die Arme und ent-
  reißt ihm den Dolch.)

Sita.

Halt ein — Unsinniger!

Clive (gleichzeitig aufspringend, eine Pistole
hervorziehend und sie Matali entgegenhaltend).
  Ha Schlange, Tiger!
Fort von dem Mädchen! Keinen
  Schritt — Du bist
Des Todes sonst — die Kugel streckt
  Dich nieder! (Klingelt.)

Matali.

Was thust Du, Unglücksel'ge? Diesen
  Dolch
Entreißest Du der Hand des Rächers
  — Thörin!
Zermalme Dich des Vaters Fluch, die
  Rache
Der heimathlichen Götter! Dieser ist's,
Zu dem ihr Zorn mich über's Meer
  getrieben,
Der ist's, den ich gesucht im fernen Land,
Der ist's, der unsern Vater mor-
  dete!

Sita.
Unmöglich! Diesen Tag nicht, ew'ge Sonne!
Denn schöner war die Nacht, die mich umfing!

Neunter Auftritt.
Haushofmeister. Vier Diener. Vorige.

Matali (von rechts).
Ich selber gebe mich in Eure Macht —
Denn das Gefäß des Gottes ist zerbrochen!

Clive.
Da steht er vor mir, wie Bengalens Prinz,
Dem ich das Scepter aus der Hand geschlagen,
Wie er mich anstarrt! Seine Züge sind's —

Matali.
Des Vaters Züge, den Du morden ließest!
(Zu Sita):
O büße, büße! Deine Schuld ist groß!
Kehr' heim und halte diese Hand, die frevelnd
Das Gottes Werk zerstört, zu Sonn' und Sternen
In jahrelanger Pein empor, bis sie
Zermorscht und welk Dir über'm Haupte starrt!
Zerschmett're, hoch vom Felsen stürzend,
Im Quell der Ganga Dein Gebein —

Sita.
Halt ein!

Matali.
Hinweg von mir — nicht hier,
An meines Vaters Seite suche mich!
Fluch über Dich, Treulose — bleibe hier
In seines Mörders Schutz zurück!
Und brauchst
Du einst den Becher, auf sein Wohl zu trinken,
Wenn er berauscht auf seinem Schooß Dich wiegt,

So nimm hier Deines Bruders — Todtenschädel!
(Zieht rasch einen zweiten Dolch aus dem Gewand und ersticht sich.)
Denn ihn — vermach' ich Dir — und willst Du ihn
Mit sauberer Arbeit zieren, laß vom Lord
Dir die Juwelen Meer Jaffiers — —
Ich sterbe — (Stirbt.)

Clive.
Hinweg mit ihm! Sita — Du bleibst.
(Haushofmeister, Diener mit Matali ab.)
Es sei!
Klar werd' es zwischen uns! Der Schleier schwinde!
Zerrissen hat ihn — dieses Wilden Hand!

Sita.
So ist es wahr — ich bin Surajah's Kind?

Clive.
Ich wollte warten auf den Tod — das Grab!
Es sollte milder herbe Wahrheit künden!
Doch schneller schreitet das Geschick — so sei es!
O höre mich, mein Kind, doch höre mich,
Als tönte aus dem Grabe meine Stimme,
Wo über eines Lebens Schuld und Noth
Die Scholle ruht und die Cypresse flüstert!

Sita.
Ich zitt're — vor dem Wort — von Deinen Lippen!

Clive.
Du bist nur meines Herzens Kind — doch theurer
Mir, als es die Kinder meines Blutes wären!

Sita.
So ist es Wahrheit, was der Bruder sprach?

Clive.
Ich zog in Dir den guten Engel groß,
Der lächelnd zwischen mich und meine
  Schuld
Mit der Versöhnung Palmen tritt —
  O bleibe
Mein guter Engel — werd' es doppelt
  jetzt,
Wo Du erfährst, was Du vergeben
  kannst!
Du bist das Kind des Fürsten von
  Bengalen,
Surajah=Dowlah's Tochter!

Sita.
            Und er starb?

Clive.
Ich ließ ihn richten!

Sita.
          Ew'ger Gott — er fiel
Nicht in der Schlacht — er fiel —

Clive.
              Von Henkers Hand!
Und England ward der Erbe seiner
  Reiche!

Sita.
Ha — niederzisch' das scharfe Schwert
  — ein Blutstrom —
Entsetzlich Bild — angrinst das bleiche
  Haupt
Mich ewig unerbittlich — in der Hand
Des Henkers — das erstarrte Aug',
  das einst
Mir Freudenthränen weinte, seinem
  Kinde!

Clive.
Schweig, schweig! Du weckst den
  Dämon mir —

Sita.
            Du hast
Gerecht gerichtet, strenger Richter,
  geb' es Gott!
Warum doch konntest Du die Gnade
  nicht?
O konntest Du dem Vater nicht ver=
  zeihn?

Clive.
Das war's — jetzt brechen alte Wun=
  den auf!
Die Gnade! Wohl, so beicht' ich Dir,
  was England
Von diesen Lippen nie erfahren soll.
Du hast ein Recht darauf — nur Du
  allein!
Wohl regte sich Erbarmen in der
  Brust —
Und eine Stimme bat in mir — für
  ihn!
Doch jener Meer Jaffier, des Fürsten
  Feldherr,
Der ihn verrieth und in der Schlacht
  verließ,
Der mir das Netz gestrickt, ihn zu
  umgarnen —
Er führte mich in seine Schatzgemächer,
Versprach mir seine Riesendiamanten
Und Millionen, wenn ich ihm die
  Krone
Bengalens auf das Haupt gesetzt —
  das war's!
Jung war ich — und mich blendete
  der Glanz!
Alladin's Zauberlampe strahlte mir —
Zu meinen Füßen lag der Erde Glück!
Fort, Gnade, Mitleid, thörichtes Er=
  barmen!
Gefestet ward ich da vom Haupt zur
  Zehe,
Als wie in einen goldnen Styx ge=
  taucht!
In dieser Stunde ward ich zum Des=
  poten.
Das Richtbeil fiel — mein Auge
  zuckte nicht!

Sita.
Wahr ist's, wahr ist's! Und dieser
  eine Tag
Macht doppelt mich zur Waisen —
  es erschlägt
Der todte Vater mir den Lebenden,
Der einst den andern in die Gruft ge=
  stoßen.

Clive.

O Fluch dem Gold, das einmal mich geblendet,
Denn es verdunkelt Ruhm und Leben mir!
Ich hielt mein Wort — und Meer Jaffier das seine!
Ich machte ihn zum Fürsten, und er ward
Ein treuergebener Vasall von England,
Die Stütze unsrer Macht — — doch ich, doch ich
Ward nicht des unermeß'nen Reichthums froh.
Winkt mir ein Lorbeer — reißt der Kobold ihn
Mir aus der Hand — und hält mir ihn entgegen,
Mit Blut befleckt, in fließend Gold getaucht!
Naht mir die Liebe — wie der Dämon lacht!
Er reißt die Maske ab, zeigt mir das Aug',
Das gierig auf die Millionen blickt!
O Hand des Midas, du entsetzliche,
Du hast mein Leben selbst in Gold verwandelt,
Und diese schwere Last ertrag' ich nicht!

Sita.

Wie mir's das Herz zerreißt — mit glüh'nden Ketten
In seinen Arm mich zieht — und wieder fort
Mich stößt —

Clive.

Du rettest mich, und Du allein
Vor meines Dämons Blick! Denn wo Du nahst,
Muß die Erscheinung fliehn — sie hat nicht Macht
Ueber die Liebe einer reinen Seele!
Hier ruht der letzte Anker meines Glaubens!
Reiß ihn nicht los, auch jetzt nicht; wie — Du zögerst?
Und fragend blickt Dein scheu Gazellenaug'!
Tritt näher, zaghaft Kind, und fürchte nichts!
Du bleicher Fürst, Dir raubt' ich Kron' und Haupt —
Doch dies Dein Kind, es reicht mir seine Hand.
Was ich an ihm gethan, erzählt es Dir,
Und Du vergiebst!

Sita.

Ich kann nicht, nein, ich kann nicht!

Clive (erschöpft in den Sessel sinkend).

Dies Wort des Kindes spricht mir das Gericht!

Sita (scheu auf Clive blickend).

An dieser Hand klebt meines Vaters Blut!

(Der Vorhang fällt.)

Dritter Aufzug.

Szene: Ein Zimmer im Schlosse der Lady Sommerset.

Erster Auftritt.

Arabella. Sulivan (im Reiseanzuge).

Sulivan.

Geschäfte rufen mich zurück nach London,
Indeß beachte meine Mahnung wohl!
Dies Gut ist über die Gebühr verschuldet —
Doch Dir zu helfen bin ich gern bereit,
Reichst Du dem Obrist Bourgoyne Deine Hand.

Arabella.

Mein Herz ist frei, ob auch mein Gut verschuldet.

Sulivan.

Der Obrist Bourgoyne, glaub' mir's, ist ein Mann
Von Geist und Schönheit und von seltnen Gaben.
Auf Wiedersehn in London, Arabella!
Und kränk' den Onkel nicht — greif zu, greif zu!

(Küßt Arabella die Stirn und geht ab.)

Arabella.

Schön, feurig, geistreich, liebenswerth, gepriesen
An jedem Toilettentisch, ein Held
Der Mode, jedes Mahls beliebte Würze,
Apoll des Boudoirs — ich mag Dich nicht!
Warum? Warum? Du eigensinnig Herz!
Fort mit dem Blumenband, ihr Amoretten,
Mit dem ihr ihn und mich im Traum umschlingt!
Ich will ihn klein sehn, ihn verachten lernen,
Dann sind die Sinne ihrer Banden frei.
Ich ahn' den Rausch des Glücks in seinen Armen,
Und ich verschmäh' ihn? Was ich lieben soll,
Das muß ich auf den Knie'n verehren können,
Sonst kennt das Heute nicht den Rausch von gestern!
Nichts bleibt vom Göttermahl als Scham und Reue,
Als die Harpyen, die den Rest beflecken!

Zweiter Auftritt.

Bourgoyne. Arabella.

Bourgoyne.

Arabella!
Ihr ließt mich rufen!

Arabella.

Eine kleine Bitte!
Empfangt den Fremden wohl, der binnen Kurzem
Mit Euch zu sprechen wünscht, und hört auf ihn!

Bourgoyne.

Geheimnisse? Was soll's mit diesem Fremden?

Arabella.

Nur im Geheimniß ist dem Dichter wohl!

Bourgoyne

Jetzt endlich, Lady, redet klar mit mir.
Wo ich zu Euren Ehren freudig will
Mit einem Ritter eine Lanze brechen,
Der große Fürsten aus dem Sattel hob.

Arabella.

Zu meinen Ehren?

Bourgoyne.

Ja, ich weiß es wohl,
Daß ich des Staatsmanns Ruhm erwerben muß,
Um meiner Arabella werth zu sein.
Den größten Nabob lad' ich vor die Schranke —
Dann winkt der Lorbeer mir von schöner Hand!

Arabella.

Ihr täuscht Euch, Obrist Bourgoyne!

Bourgoyne.

Gern gefällig
Bin ich dem Onkel, weil ich so der Nichte
Zu dienen glaube!

Arabella.

Glaubt das nicht, mein Ritter!
Bin ich die Letzte, die Ihr fragt,
Wenn Ihr um meine Hand zu werben wagt,
So dürft Ihr Kopf und Herz gering nicht achten,
Sonst glaub' ich, daß Ihr um die Puppe freit,
Die Gliederpuppe, die am Fädchen Euch
Den Arm entgegenstreckt!

Bourgoyne.

Ich steh' erstaunt!

Arabella.

Und wenn Ihr früher Euch an mich gewandt,
So hättet Ihr gehört, daß, wer Lord Clive
Angreift, kein Recht auf meine Freundschaft hat.

Bourgoyne.
Wie — was ist das?
Arabella.
Daß ich ihn achte, ehre
Als Englands größten Mann!
Bourgoyne.
Ihr kennt ihn wohl?
Ihr saht ihn, spracht ihn, spracht ihn öfter — Lady!
Ihm galt der Blitz in Eurem Aug' — ich fürchte —
Arabella.
Das ist der Männer Art, so klein zu denken!
Bewundern wir das Große, gilt es nur
Für eine schnöde Laune unsrer Sinne.
(Bedienter tritt auf.)
Bedienter.
Ein fremder Herr aus Claremont!
Arabella.
Obrist Bourgoyne
Erwartet ihn —
Bourgoyne.
Ich bin bereit!
(Bedienter ab.)
Arabella.
Was er
Euch sagt, nehmt's auf, als käm's aus meinem Mund!
Sonst gilt Euch meine Freundschaft nichts! (Ab nach links.)
Bourgoyne.
Und immer
Das kalte, todte Wort! Nicht um den Preis
Der Freundschaft werb' ich, wilde Gluth im Herzen!

Dritter Auftritt.
Clive. Bourgoyne.
Clive.
Ich komme vom Schloß Claremont.
Bourgoyne.
Seid willkommen!
Clive.
Ihr seid der Obrist Bourgoyne —
Bourgoyne.
Wohl, der bin ich!
Nehmt Platz, Sir!
Clive.
Clive hat mich zu Euch geschickt —
Er will mit seinem Feinde — unterhandeln!
Bourgoyne.
Ihr kommt zu spät — ich habe mich verpflichtet.
Clive.
Als Unterpfand der neuen Freundschaft bietet
Mein Lord sein Schloß in Bath und das in Yorkshire
Mit allen Dependenzien —
Bourgoyne.
Still, still!
Ihr sprecht zu laut — wie, beide Schlösser, sagt Ihr?
Clive.
Und überdies — reicht Ihr ihm seine Hand —
Sein Dank ist unerschöpflich, wie sein Schatz!
Bourgoyne (aufspringend, für sich).
Das flüstert mir die Hölle in das Ohr,
Und Arabella's Wunsch! Zwei schöne Schlösser —
Clive (aufstehend, für sich).
Das ist die Angel, welche Menschen fischt!
Nur zugeschnappt, haha!
Bourgoyne (Beiseite).
Sie legt mir's nah!
Selbstständig will sie sein und unabhängig
Von ihrem Onkel — wie, zwei schöne Schlösser!
Verschwendrisch ist der Lord, das ist bekannt,
Doch Sulivan ein Geizhals!
Clive (Beiseite).
Wie er zappelt!
O Midas, Deine Hände borgst Du mir!

Bourgoyne.
Wer aber bürgt mir, daß Ihr Wahrheit sprecht,
Daß Ihr mich nicht in einer Schlinge fangt,
Daß diese Schlösser nicht in Luft gebaut?

Clive.
Mein Wort — das Wort Lord Clive's — ich bin es selbst!

Bourgoyne.
Ihr seid — Mylord, ich stehe klein vor Euch,
Seht mich nicht an, wenn ich die Worte spreche,
Die leis' sich von unwill'ger Lippe stehlen.
Ich lasse den Antrag fallen und ich nehme
Dankbar die Schenkung an von Eurer Hand!

Clive.
So sind wir Freunde! Einen Handschlag, Obrist!

Bourgoyne.
Verzeiht Mylord!
Ich bin verwirrt, bestürzt, gleich einem Knaben,
Der auf verbotnem Weg ertappt! Laßt mich
Entflieh'n und seht mir in das Auge nicht!
Das kann ich nicht ertragen! Was mich wandelt,
Schmachvoll umwandelt, knetet, schmilzt wie Wachs —
Es ist die Liebe nur! O laßt mich, laßt mich! (Aufgeregt ab.)

Clive.
Wie — dieser wackre Obrist! Hätt' ich's kaum
Geglaubt! Pfui über mich,
Daß ich so schwelge in der Welt Verderbniß!
Doch die gekränkte Ehre weint dazu
Schmerzliche Thränen, unsichtbar der Welt,
Die mir wie Gift das tiefste Herz zerfressen.

Vierter Auftritt.
Arabella (von links). Clive.

Arabella.
Willkommen, edler Lord, in diesen Räumen —
Seid Ihr am Ziel?

Clive.
Der Zauber wirkt! Die Welt
Ist nur ein großes Grab für Ehr' und Tugend —
Wir schütten Gold darüber!

Arabella.
Nicht so finster,
Mylord, nicht diese Falten auf der Stirn.
Noch hat die Welt das Lächeln nicht verlernt,
Das auf den Lippen ihrer Lenze schwebt.
Vom Frühling aber lernt ihr Glück — die Liebe!
Setzt Euch, Sir!
Die Hand auf's Herz, Mylord, Ihr sucht das Glück
Es wohnt nur bei der Schönheit und der Liebe.

Clive.
O das ist wahr! Lehrt mich an Liebe glauben!
Nur Schade, daß die Schönheit so vergänglich;
Viel lieber nenn' ich Schönheit nie mein eigen,
Als daß sie unter meinen Augen stirbt.

Arabella.
Die Schönheit stirbt, die Liebe kann nicht sterben!

Clive.
Verweset doch selbst der Ruhm!

Arabella.
Er ist gerettet!

Der Obrist Bourgoyne tritt zurück!
  Ihr ahnt
Noch nicht, Mylord, wie sich die
  Fäden kreuzen.
Mein Onkel Sulivan will diesen Obrist
Mit meiner Hand belohnen und zu-
  gleich
Mit einer Mitgift für die arme Lady,
Die vor Euch sitzt, die Hab und Gut
  verschleudert
Achtlos, verschwenderisch, in Saus
  und Braus.
  Clive (für sich).
Alladin — träumt ich's nicht? Die
  Millionen —
O wär' ich doch ein Bettler — Deine
  Tonne,
Diogenes!
  Arabella.
    Was ist Euch, Lord?
  Clive.
      Mein Fieber
Aus Hindostan. Die Sonne sticht
  herein,
Und das vertrag' ich nicht —
  Arabella.
      Ich laß den Vorhang
Herunter — so!
  Clive.
    Beruhigt Euch, Mylady!
Das sind die bösen Grillen meines
  Hirnes —
Wir sprachen, wenn mir recht, von
  wem? — Ja so,
Doch mir ist wohler, frischer! Nun,
  ihr spracht
Von Obrist Bourgoyne!
  Arabella.
      Ja, Mylord, ich hab'
Ihn Euch geopfert, Eurem Ruhm!
  Clive.
      Wie, mir?
  Arabella.
Er hängt an mir mit schwärmerischer
  Neigung.

Mich zu erringen, wollt' er Euch ver-
  klagen
Im Parlament, ein Werkzeug Eurer
  Feinde!
Mich zu erringen, tritt er jetzt zurück,
Weil er den Wunsch in meinen Augen
  las,
Nicht ahnend, daß mein Herz bereits
  gewählt!
  Clive.
Gewählt! Versteh ich recht? Gewählt!
  Und mich?
Den düstern Mann, den Menschen-
  feind und freilich
Den Nabob Indiens auch. (Bitter lächelnd.)
(Bourgoyne erscheint an der hintern Thür.)
  Arabella (aufstehend mit Stolz).
      Mylord von Plassey,
Werft Eure Millionen fort — mein
  Herz
Wird dennoch Euch gehören. Es ver-
  achtet
Die feilen Sklaven unsrer Launen, die
Sich willig kaufen und verkaufen
  lassen —
Doch Ihr seid groß, ein zürnender
  Despot!
Ich lieb' nur Euch auf dieser Welt —
  nur Euch.

Fünfter Auftritt.

Bourgoyne (vorstürzend). Vorige.
  Bourgoyne.
Ich hab' genug gehört, genug! Ich Thor,
Wahnsinn'ger Thor — was that ich,
  wollt' ich thun?
Verkauft, betrogen, meiner Ehre baar,
Um nichts, um nichts, um dieses
  falsche Weib!
  Arabella.
O hört mich, Obrist Bourgoyne.
  Bourgoyne.
      Nein! o Nein!
Nichts hör' ich mehr! Das Eine, was
  ich hörte,

Klingt mir in's Ohr bis an den letzten
    Tag!
Wenn Dich nur Zorn und Wuth er=
    obern kann,
Mißhandlung, Schmach — so sollst
    Du einst noch mir
Zu Füßen liegen, eine will'ge Sclavin!
Auf Wiedersehn im Parlament, My=
    lord! (Stürzt fort.)
    Arabella.
Verloren — Alles! — hätt' ich nie
    gesprochen!
    Clive.
Und wieder schlägt die Pforte zu, und
    wieder
Bin ich allein mit meinen düstern
    Geistern. (Küßt Arabella die Hand.)
Ich hab' kein Herz, Mylady, zu ver=
    geben,
Nur Millionen — und — ein werth=
    los Leben! (Ab.)
Arabella (eilt ihm nach bis an die Thüre, kehrt zurück, die Hände ringend).
Er flieht, verzweifelt! Unglückseľ'ge
    Stunde,
Ich rett' ihn — oder geh' mit ihm zu
    Grunde. (Ab.)

    Verwandlung.

Szene. Rechts ein Flügel des Schlosses von Claremont. Ein Balkon. Unter demselben eine Thür. Links im Vordergrunde eine Eiche, unter ihr eine Rasenbank. Rings um die Eiche Rosensträucher und andere Blumen. Im Hintergrunde der Park. Abend. Mondschein.

Sechster Auftritt.

Sita (auf der Rasenbank mit ihrer Harfe).
Wird Dir der Mond es sagen und
    die Sterne,
Wo Deine Heimath ist, Du einsam
    Kind?
O das Verbrechen stand an meiner
    Wiege
Und nicht die Liebe hat mich groß ge=
    zogen,
Die Reue nur, vielleicht der Haß —
    und Blut
Befleckt die Schwelle dieses Hauses
    jetzt,
In dem ich eine Heimath mir geträumet.

Siebenter Auftritt.

Harry (von links vorn). Sita.
    Harry.
O Sita! Sita!
    Sita.
    Welche Stimme — träum' ich?
O keine hab' ich so ersehnt wie diese.
    Harry!
Hier hat sich Unverhofftes zugetragen!
    Sita.
    Du hattest Recht — —
Er ist mein Vater nicht!
Ich bin des Fürsten von Bengalen
    Kind,
Surajah Dowlah meines Vaters Na=
    men —
Jetzt treibts mich fort von hier — ich
    kann die Schuld
Des Dankes ihm nicht zahlen, der den
    Vater,
Den Vater grausam mir ermorden ließ.
    (Zum Baum aufsehend.)
Der Vogel hat sein Nest — ich habe
    keins!
Euch klag ich's, Sterne, daß ich ein=
    sam bin!
Dir klag ich's, Mond, der fern die
    Lotosblume
In ihrer heil'gen Fluthenwiege küßt.
Euch, Wipfeln, die ihr euch nach Osten
    neigt,
Nach Osten, wie mein Herz — euch,
    irren Wolken —
Ihr zieht und wißt es selber nicht
    wohin —
Euch treibt im Spiel die launenhafte
    Luft.
So treibt ein blindes Spiel mein
    Herz, mein Leben.
Bald wünscht' ich mir des Vogels
    Schwingen, fern
An's paradiesische Gestad zu ziehn,
Wo sich der Phönix aus dem Myrrhen=
    nest
Mit morgengoldnen Schwingen hebt,
    bald ruft
Mich eine süße Stimme: bleibe hier,

Nicht an der Stätte wo der Frevel wohnt,
Nein, wo die Liebe eine Heimath gründet.
Das Mondlicht weiß es, doch verräth es nicht —
Die Wipfel rauschen's durch die trunkne Nacht.
    Harry.
Jetzt bist Du mein! Dort an des Parkes Pforte
Hält im Gebüsch mein Wagen!
    Sita.
      Nur die Zofe,
Die mir aus Hindostan gefolgt, soll mich
Begleiten! Von des Lord's Geschenken nehm'
Ich nur das Kästchen mit!
    Harry.
      Welch Kästchen?
    Sita.
       Gestern
Hat mir's der Lord geschenkt; es giebt mir Nachricht
Von meinem wahren Vater, es enthält
Die Briefe jenes Fürsten von Bengalen.
    Harry.
Was hör' ich? Wie — Surajah's Briefe alle,
Die er dem Komité zu geben weigert?
Dies Kästchen hole, denn ein Kleinod ist's
In unsrer Hand unschätzbar! Es erwirbt
Dir meines Vaters Gunst!
    Sita.
      Nein, Harry, nein!
Ich darf es erst nach seinem Tode öffnen.
    Harry.
Jetzt ist er todt für Dich, jetzt zaubre nicht!
    Sita.
Ich weiß nicht, was ich thun und lassen soll.
Mein eignes Herz ist rathlos und verzagt!
Von jenen Blumen droben, deren Keime,
An's sonn'ge Licht geleitet meine Hand,
Sieht jede Knospe fragend nach mir aus:
Bist Du nicht da, wenn ich die Hülle sprenge?
Und jede Blüthe ruft mir: ich verschmachte,
Wenn Deine Hand mich ferner nicht erquickt!
Ihr seht mich alle an, so groß, so fragend,
Und schlingt im Mondschein ein Gerank von Schatten
Wie dunkle Bande um die Fliehende.
Ich muß — o laßt mich! Und die Harfe dort! —
Die Lieder schlummern, die sein Herz entzückt,
Und Niemand weckt sie mehr — die Saiten reißen.
O eine Saite seines Herzens reißt
Mit schrillem Klang — und meine Hand zerreißt sie —
Ich muß — (Zu Harry): Ich kehre wieder — ja — ich muß!
(Eilt ab nach rechts durch die Thüre des Schlosses).
    Harry.
Mein Leben hat ein Ziel jetzt — muthig wag' ich
Den Kampf um diesen höchsten Preis des Glückes.

Achter Auftritt.
Clive (von links). Harry.

    Clive.
Stumm alles — ihre Harfe schläft!
    Harry (Beiseite).
      Der Lord!
    Clive.
Mein letztes Hoffen ist zum Trug geworden!

Ich muß die Schmach erdulden —
    muß — Wer da?
Wer schleicht im Dunkel dort? Steht
    Rede. Halt!
            Harry.
Ich bin es, Harry Sulivan!
            Clive.
                Ihr wagt es!
Vergeßt Ihr meine Drohung?
            Harry.
                Nein, Mylord!
Des Vaters Drohung acht' ich, wie
    sein Recht!
Doch anders stehn die Sterne heut,
    als damals!
Ihr seid nicht Sita's Vater! Liebt Ihr
    sie,
So tret' ich Euch mit gleichem Recht
    entgegen!
Ihr liebt sie nicht, wie ich — und
    wenn es wäre,
Sie mag entscheiden zwischen uns!
            Clive.
                Sie wird es!
            Harry.
Vergeßt nicht, daß die Gräber eine
    Sprache
Gewannen; denkt an's blut'ge Hoch-
    gericht
Moorshedabab's!
Ich klag' Euch an, Mylord, hier vor
    den Sternen,
Und vor dem ew'gen Parlament der
    Menschheit,
Das nicht vertagt wird in Jahrtau-
    senden.
Als Helden preist man Euch, als
    Staatengründer —
O eitler Wahn! Ihr habt der Meeres-
    königin
Britannia im fernen Orient
Ein herrlich Reich erobert — immerhin!
Ich aber sag' Euch, Menschenglück
    und Freiheit
Ist einz'ges höchstes Ziel der Weltge-
    schichte.

Dies Volk, um das der Urwelt Zauber
    schwebt,
Das Gott so nah gekommen, wie die
    andern,
Die sich der höhern Offenbarung
    rühmen,
Dies Volk von Denkern, Dichtern,
    stillen Menschen,
Das noch im Urquell der Natur sich
    badet —
Ihr bracht in seiner Weisheit stille
    Klause
Verbrecherisch nur mit des Stärkern
    Recht,
Ihr habt es auf den Sklavenmarkt
    geschleppt,
Wo es zur Waare ward, hineingerissen
In die Verderbniß dieses Welttheils, in
Den Dienst des Mammons, der die
    Zeit entehrt.
Ihr habt durch größere List in Krieg
    und Frieden
Es unterjocht, ließt seine Fürsten
    richten
Nach der Despoten Recht; Ihr wurdet
    reich
Durch das Geschenk verrätherischer
    Vasallen!
So 'trugt Ihr Gift nach Osten und
    nach Westen!
Mit Englands Lastern füllt Ihr Asiens
    Zonen,
Mit Asiens Schätzen macht Ihr Eng-
    land feil!
Und preist die Zeit den siegenden Des-
    poten,
Die freie Zukunft wirft ihn zu den
    Todten!
            Clive.
Halt ein, Du Schwärmer! Glaub's,
    in Mark und Nieren
Prüf' ich mich selbst, und geißle mich
    auf's Blut,
Und schau' in's düstre Herz der Welt,
    und seh'
Den Todtenkopf und das Skelett, wo
    andre

Des Lebens und der Schönheit Fülle schaun.
Doch über meines Lebens Tafel fährt
So leicht der Schwamm nicht, ew'ge Züge löschend —
Da weiß ich besser, was die Welt bewegt.
Hat's doch im Hirne mir geglüht, im Arm
Gelebt, das Mark der That! Die Erde ist
Des Menschen Eigenthum, doch sie gehört
Der wachen Kraft nur, nicht der schlummernden!
Und ist im Schatten tausendjähr'ger Träume
Ein Volk entschlafen — wirft ein frischrer Stamm
Es zu den Todten, haut den welken Ast
Herunter von des Weltgeists Lebensbaum!
Ich hab' das mohnberauschte Hindostan,
Das unter seinen Götterblumen träumte,
Emporgeschüttelt mit gewalt'ger Faust,
Des Westens reger Thatkraft überliefert!
Ich hab's gethan, und diese That ist mein!
Und war ich grausam — Leben ist's und Sterben,
Und war ich schuldig — jede That ist Schuld!
Ich fühl's am tiefsten in der eignen Brust!
Wir sind ein Werkzeug, das im Werk zerbricht!
Es ist der Geist der Welt gewissenlos;
Was er vollbringt, uns schiebt er's in's Gewissen.
Die Flamme unsrer That verzehrt die Welt,
Doch ihre Asche macht uns selber blind!
Das ist das Maaß, mit dem die Götter messen,
Das Maaß des Knaben ist ein werthlos Ding!

Harry (beleidigt).
Mylord!

Clive.
Was red' ich denn! O, Sita! Sita! Und sie! Und sie!

Harry.
Sie folgt mir!

Clive.
Nimmermehr!
O sagt, Ihr lügt!

Harry.
Mylord!

Clive.
Wenn nicht, so sprecht:
Wieviel Pistolen tragt Ihr da im Gürtel?

Harry.
Mylord, was soll's!

Clive.
Wieviele?

Harry.
Zwei!

Clive.
Die eine
Für mich — bei meiner Ehre!
(Reißt ihm die Pistole aus dem Gürtel).
Und jetzt folgt mir!

Harry.
Wie, Lord!

Clive.
Wie, Sir! Wie, Knabe Sulivan!
Wer bin ich, daß Du mir ins Angesicht
So namenlosen Schimpf gehäuft?
Glaubst Du,
Das Schwert von Plassey sei so stumpf geworden,
Daß keck Du kannst in seine Schneide greifen?
Glaubst Du, daß ich mein Kind dem Räuber lasse?
Wenn ich Dich dort in's grüne Gras gebettet,
Bleibt Sita mein, vernarben wird die Wunde,

Dein Gift nur macht sie tödtlich! Zu
den Waffen!
Harry (die Pistole vorziehend).
Das, Bourgoyne, ist die beste Motion!
Ein Gottesurtheil! Räche seinen
Opfern!
Clive.
Viel Ruhm, von eines Knaben Hand
zu fallen!
Haha! Ob Held, ob Knabe — Tod
ist Tod,
Ein ehrlich Nichts, das Leben ein ge=
schminktes!
Jetzt länger nicht gezögert! Fort, zum
Kampf!

Neunter Auftritt.
Sita (aus dem Hause, hinter ihr eine ver=
schleierte Zofe, welche ein Kästchen unter dem
Arm, über die Bühne geht).
Sita.
Was thut Ihr? Haltet ein!
Clive.
  O Sita, Sita!
Sita.
Mein Harry, Lord! O laßt die
Waffen ruhn!
Du willst mich rächen — Harry —
o mir schwebt
Des Bruders blut'ger Dolch noch vor
der Seele!
Nicht Rache — schwör' mir Frieden,
Harry, schwöre —
Harry.
Mylord, ist's Euch genehm!
Clive.
  Du gehst, Du gehst
Aus freiem Willen, ohne Zwang und
Täuschung?
Sita.
Mit Harry Sulivan — so ist's, My=
lord!
Clive (die Pistole fortschleudernd).
Fort mit den Waffen — hier nur
kämpf' ich's aus!
Hier sitzt die Wunde und die Seele
fiebert.

Sita.
Ich wollte jetzt von Dir mich schleichen,
wie
Sich eine böse Stunde von uns schleicht!
Denn was ich jetzt Dir bin, ist bös
und feindlich.
Du faßt es wohl, daß ich nicht bleiben
darf;
Mich würde meines Vaters Schatten
schelten!
Laß mich in Frieden ziehn!
Clive.
  Mein einzig Kind!
Nicht so! O bleibe und verlaß mich
nicht!
Sita.
Das geht nicht mehr! Es ist der
Sterne Schluß,
Daß Lieb' aus Haß und Haß aus
Liebe wächst!
Noch einmal knie' ich, küsse Dir die
Hand
Und danke Dir, der liebend mich ge=
pflegt.
Clive.
O Sita, daß Du also scheiden kannst!
O denk' der langen Stunden, Tage,
Jahre,
Durch welche meine Hand Dich führte,
drüben
Im Tropenland und hier! Ja, stille
Freuden
Streut' ich auf Deinen Pfad; mein
Auge wachte
Mit steter Sorge über Dir — ich hob
Das Steinchen auf, das Dir im Wege
lag.
Ich bückte mich für Dich, als Asiens
Fürsten
Vor mir sich beugten! Doch was sprech'
ich da?
Der Wind ist rauh — mich fröstelt!
Zugeknöpft!
Steh' auf und zieh von dannen!

Sita.
Wohlan, ich habe Dir die Hand geküßt
Und Dir gedankt und mit gerührtem Herzen.
Jetzt aber steh' ich auf, so starr wie Du,
Die Tochter meines Vaters, den Du einst
Auf dem Schaffot geschlachtet! Keine Thräne!
Ich trete fremd und feind Dir gegen=
über,
Und flüchte vor dem Basiliskenblick,
Der meines Vaters brechend Auge traf!
Hinweg, hinweg! Und an der Liebe Hand!

Clive.
Unselig Kind! Und diesem willst Du trauen?
Du bist ein Werkzeug nur, ein scharfer Dolch,
Den er frohlockend in die Brust mir stößt!
Besinn' Dich, komm zu mir, o bleibe hier.
(Sita schüttelt verneinend das Haupt).
Du gehst! O Undank! Mit dem letzten Fädchen
Zerreißt das Traumgespinnst der bessern Welt!
Ein Lachen folg' der langen Thorheit nach,
Und weck' das lust'ge Echo — Hahaha!
Dann einsam tapp' ich weiter ohne Stab,
Durch diese jammervolle Nacht des Lebens.

Sita.
Es zieht mich hin und stößt mich wie=
der fort —
Und ist kein Trost für dich — du ein=
sam Herz?
Die Harfe tönt, die Thräne quillt nicht mehr!
Verzeih' mir, blut'ger Schatten in der Gruft,
Die letzte Thräne und den letzten Gruß
Der Liebe, den ich deinem Mörder weihe! (Sinkt in Clives Arme.)
Mein Vater! (Sich losreißend.)
Und zum letztenmal mein Vater!
(Zu Harry): Jetzt hab' ich nichts mehr in der Welt, als Dich!
(Wendet sich mit Harry zum Abgehen.)
(Der Vorhang fällt rasch.)

Vierter Aufzug.

Szene: Ein elegantes Zimmer in Su=
livan's Hause in London. Sopha, Stühle,
Tisch. Rechts und links Seitenthüren,
im Hintergrunde der Haupteingang.

Erster Auftritt.

Sulivan. Harry.

Sulivan.

Das stimmt und ist in Ordnung. Bourgohne hat
Das Kästchen jetzt und Clive ist nun verloren —
Dank Deiner — Bajadere!

Harry.
Bajadere!

Sulivan.
Der Kaufmann muß auf Ehr' im Hause halten!
Die Flücht'ge hab' ich gastlich aufge=
nommen!
Doch solch ein Nothdach ist kein Dach für immer!
Zeit ist's, die seltne Blume zu ver=
pflanzen,
Eh' sie zu sehr mit ihrem Duft berauscht!

Harry.
Wie soll ich das verstehn, mein Vater?

Sulivan.
Nun —
Ich dulde diese indische Prinzessin,
Die leider! allzuschlecht apanagirt,
Nicht mehr in meinem Haus —

Harry.
Wie, Vater, Vater!
Ich liebe dieses Mädchen!
Sulivan.
Zweifl' ich d'ran?
Harry.
Ich hab' sie hergeführt als meine Braut!
Sulivan.
Braut, Braut! Du bist von Sinnen, lieber Sohn!

Harry.
Als meine Braut und werd' ihr Recht vertheid'gen,
Mit festem Sinne wider Jedermann!
Sulivan.
Ein Fastnachtscherz! Was wird die City sagen?
Harry.
Die City frag' ich nicht, ich frag' mein Herz!
Sulivan.
Schon hör' ich beim Lordmajor das Tischgespräch!
Der alte Sulivan — wer hätt's geglaubt?
Bald wird er Enkel haben, wie die kleinen
Brahmanen, die im Ganges plätschern, sagt
Der eine, räuspert sich! Der andere legt
Bedeutungsvoll den Finger an die Nase:
Es kreist der alte Präsidentenstuhl
Und wack're Sepoys springen an das Licht —
Die Frau des Alderman bekreuzt sich fromm:
„Jetzt müssen wir bei Brahma und bei Vischnu
Visite machen" — nein und dreimal nein!
Harry.
Ich liebe Sita! Meinem Wort vertrauend

Verließ sie Claremont, kam in unser Haus!
Aus Liebe gab sie jenes Kästchen mir.
Ich täuschte ihr Vertraun; sie ahnt es nicht,
Sie fragt nicht, was dies Kästchen uns bedeutet!
Sie weiß nur, daß um Deine Gunst es wirbt!
O kränk' uns nicht! Vergebens ist Dein Sträuben —
Sie wird mein Weib!

Sulivan.
Das wird sie nie und nimmer,
Ja, wenn noch hinter ihr die Millionen
Des Nabob ständen, o dann drückte man
Ein Auge zu und ließ' das andre blenden!
Und auch die City würde gnädig sein;
So aber ein verstoß'nes Bettelkind —
Noch heute werd' ich Sorge tragen, Knabe,
Daß die Verführerin dies Haus verläßt! (Ab.)

Harry.
Mein Vater, hör' mich! Ach, auf meinen Lippen
Erstarrt das Feuerwort, das ihn bekehrte,
Der Lava gleich, in ihrem Guß gehemmt!

Zweiter Auftritt.
Sita (von links). Harry.

Sita.
Ein unfreiwill'ger Zeuge hört' ich alles!
Harry.
Ich stehe treu zu Dir!
Sita.
Dies Haus verlaß' ich
Noch eh' der Abend kommt.
Harry.
Das sollst Du nicht,
Das darfst Du nicht!

Sita.
  Das muß ich! Wieder bin ich
Die Heimathlose — und was soll ich
  hier,
Der Morgensonne Kind, bei diesen
  Männern
Des Nebellandes! Ah! mir graut's,
  mich schüttelt's!
Es weht ein kalter, feuchter Hauch —
  ich hülle
Mich in die Nebel triefenden Gewande
Und meine Seele schauert vor der Welt.
Harry.
Und hast Du mich nicht? Und vergißt
  Du mich?
Uns scheidet nichts mehr! Glaube und
  vertraue!
Den Druck der Hand noch, Gruß und
  Kuß und Segen!
Und nun zum letzten Kampf! Bald kehr'
  ich wieder! (Ab nach rechts.)

Dritter Auftritt.
Bedienter. Forde. Sita.
Bedienter.
Der Obrist Forde! Er wünscht die
  Miß zu sprechen!
Sita.
Der Obrist Forde? Ich bin bereit.
  (Bedienter ab.)
        Der Obrist?
Was führt ihn her? Ein Wunsch des
  Lords vielleicht?
  (Forde tritt ein und grüßt militärisch.)
Forde.
Miß Sita, meinen Gruß! Ich freue
  mich,
Euch wohl zu sehn! Glaubt's nicht,
  ich lüge, Miß!
Verwünschte Höflichkeit — das fällt
  uns so
In die Parade, ohne daß wir's merken!
Ich kann's Euch nie verzeihn, was
  Ihr gethan!
Doch stärkt es mich in meinem Glauben,
  daß
Die Menschheit reif zu einer neuen
  Sündfluth —

Euch bau' ich keine Arche, wenn sie
  kommt!
Dies nebenbei! — Gefällt es Euch in
  London?
Was kümmert's mich? Ich bin ein
  arger Tropf —
Zur Sache, alter Forde! — Mein
  Freund, der Lord,
Hat Euch ein Kästchen anvertraut,
  das Ihr
Nach seinem Tod erst öffnen sollt —
Sita.
      Dies Kästchen —
Forde.
Enthält Papiere, die am heut'gen Tag
Ihm wichtig sind!
Sita.
    Warum am heut'gen Tag?
Forde.
Heut wird er angeklagt im Parlament!
Sita.
Im Parlament! —
Forde.
    Von Euren guten Freunden!
Zwar will er selbst nicht Rede stehn,
  der Lord.
Doch hoff' ich noch, zur Zeit ihn zu
  bekehren!
Gebt mir dies Kästchen, Miß! Ent=
  schließt er sich,
So braucht er diese Dokumente. Auch
Ist hier die Luft nicht ganz geheuer —
  Miß.
Sita.
Mir gab's der Lord, weil meiner Her=
  kunft Räthsel
Es einst mir lösen sollte —
Forde.
      Fürchtet nichts.
Ich stell's Euch wieder zu und unver=
  sehrt.
Sita.
Dies Kästchen gab ich Harry!
Forde.
      Harry — was!
Bei Vischnu, fortgegeben habt Ihr's?
  Wie!

So schlag' der Blitz in die Pagode!
Harry —
Wer ist der Harry? Mich gelüstet's
    schon,
Mit diesem Harry einen Tanz zu
    wagen,
Und dieser Krückstock regt sich unge=
    duldig!
        Sita.
Nun, Harry Sulivan!
        Forde.
          Su — Sulivan?!
Du bist von Sinnen, Mädchen! Sage
    nein!
        Sita.
Ich kann's nicht widerrufen, was ich
    sagte!
Nicht ändern, was ich that!
        Forde.
          Ha tück'sche Schlange!
Jetzt seh' ich Dir ins Herz!
        Sita.
          Ich kann Euch nicht
Verstehn — Ihr irrt Euch, Sir!
        Forde.
          Was, ich mich irren!
Ich kenn' die Welt! Die ganze Welt
    ist reif,
Sie einzustampfen in die Botte, sie
Zu keltern, einen Most aus Ihr zu
    schaffen,
An dem die Teufel alle sich berauschen.
        Sita.
Was hab' ich denn gethan?
        Forde.
          Was Du gethan!
Ich will Dir's sagen!
Du gabst die Briefe alle, die der Lord
An Deinen Vater schrieb, die Akten=
    stücke,
Die wichtigsten für jene große Zeit,
Die angetastet wird von diesen Krä=
    mern,
In seiner Feinde Hand! Und Bour=
    goyne schmiedet

Daraus die Waffen zu des Helden
    Sturz;
Denn alles, was sie zu beweisen suchen,
Hier ist's bewiesen.
        Sita.
          O das wußt' ich nicht!
Das hab' ich nicht geahnt! O Harry,
    Harry!
        Forde.
Er wird im Parlamente angeklagt;
Durch Dich — wird er verurtheilt,
    Schmach und Schande
Gewälzt auf seinen Namen nur durch
    Dich!
Jetzt seh' ich Deine Schlinge, Hindu=
    dirne,
Des Bruders würd'ge Schwester und
    ich greif'
An meinen eig'nen Hals.
        Sita.
          Ihr sprecht die Wahrheit?
Ich stürz' ihn in's Verderben?
        Forde.
          Ind'sche Hexe!
Nur Du! Und er, wie wird er's tragen?
    Ha —
Du hast's ihm angethan — er spricht
    von Dir
Im Wachen und im Träumen! Seit
    Du fort,
Ist er so still und finster, wie ein
    Grab,
Und Du verräthst ihn! Armer Lord!
        Sita.
          Du irrst,
Beim großen Gott! Verlassen mußt'
    ich ihn —
Doch niedre Rache üben, ihn verrathen
An seine Feinde — nimmer! Hat sein
    Auge
Doch liebend Jahre lang auf mir geruht!
O Harry — warum hast Du mir's
    verschwiegen!
Das zehrt mir an der Seele jetzt —
    das klopft
In meinen Pulsen, eine Todtenuhr!

Vierter Auftritt.
Arabella. Vorige.
Arabella.
Den Onkel such' ich!
Forde.
Lady Arabella —
Nehmt vorlieb mit der neuen Nichte!
Arabella.
Nichte?
Ihr scherzt — und heute könnt Ihr scherzen, wo
Der Lord vor seinen Richtern steht?
Forde.
Ihr liebt ihn!
Kein schwärz'rer Tag stand je in dem Kalender!
Gebt mir die Hand, Mylady!
Arabella.
Eine Thräne! —
Forde.
Laßt sie herunterrollen in den Bart —
Das thut mir wohl! O glaubt mir's, diese Thräne
Ist einzig, wie der Tod! — Nur einmal sterb' ich,
Nur einmal wein' ich — Fort! Sonst folgt dem Tropfen
Ein Wolkenbruch — o dieses Landes Ehre
Wird fortgeschwemmt in meinen Thränen — — fort! (Sinkt ab.)
Arabella.
Was thatest Du, Unsel'ge?
(Auf Sita losstürzend.)
Sita.
Nichts, nichts, laßt mich!
Arabella.
Verrätherin —
Sita.
Nicht ich! Seht mich nicht an!
Ich bin der Blitz, der aus der Wolke springt!
Er trifft und zündet, weil's die Götter wollen,
Und er verzehrt sich selbst im Augenblick!
Arabella.
Verblendet Kind! Verblendet Vaterland,
Undankbar beide, schändlich, frevelhaft!
Dich hat er groß gezogen, Du verräthst ihn,
Dies Eiland groß gemacht vor allen Ländern,
Und es verklagt ihn! Was er dort gethan,
Er that's für's Vaterland mit schwerem Herzen
Und nahm die Schuld auf sich! O klein Ihr alle!
Nicht blos dies Meer, das um die Küsten brandet,
Die Ozeane alle bis zum Strand,
Zu dem der Ganges seine Fluten wälzt,
Sie werden jauchzend seinen Namen feiern,
Wenn seine Feinde längst der Staub begräbt.
Er flaggt auf allen Flotten, die von Ost
Nach West, von West nach Ost den Segen tragen.
Und wäscht das Meer dies stolze Eiland aus
Zum öden Leichenstein von unsrer Größe
Er trägt noch unverwittert seine Züge,
Und wenn die Flut den letzten Britten reißt
In's Grab hinab — sein sterbend rule Brittania
Wird noch den Helden feiern!
Sita.
Ahnt' ich's nicht,
Daß er so herrlich ist und groß! O eilt
Zu ihm — er ist unglücklich! Eilt ihn trösten.
Sprecht so mit ihm und hell wird seine Stirn,
Sein Auge blitzt! Ich kann es nicht, ich darf's nicht!
Laßt meine Thränen netzen Eure Hand.

Arabella.
Du wunderbares Kind!

Sita.
Seid Ihr sein Engel!
Ich sag' Euch gern, wo meine Harfe hängt,
Und welche Lieder er geliebt! O singt sie
Zum Abendsterne bei den Trauerweiden,
Und singt ein andres Lied, das mir versagt,
Von seiner Größe, die den Himmel grüßt,
Von seinen Thaten, die die Welt beglücken!
Mich machten sie unglücklich — und ich kann
Dies Lied nur singen, wenn mein Auge bricht!

Arabella.
Seltsames Wesen! Ich versteh' Dich nicht!
Mich wandelt Mitleid an um Dich, was thatst Du?

Sita.
O fragt mich nicht, was ich gethan — ich that's nicht!
Ich riß die ungeheure Kluft nicht auf!
Doch jetzt, nachdem 's die Götter so gewendet,
Kann ich mit Schweigen nur mein Haupt verhüllen!
Ihr aber bringt ihm meiner Liebe Gruß!

Fünfter Auftritt.

Sulivan. Harry. Vorige.

Sulivan (zu Harry zurücksprechend).
Laß mich — ich sag' ihr's selbst — schweig lieber, schweig!
Ich zieh' die Striche, und ich mach' das Punktum.

Harry.
Das ist zu viel, mein Vater! Ich beschwör Dich!
(Zu Sita): Umsonst, vergebens Alles, arme Sita!

Sulivan.
Ha, Nichte Arabella! O Ihr kommt
Um mir zu danken?

Arabella.
Was Ihr sandtet, Sir,
Erhaltet Ihr zurück!

Sulivan.
Was soll das heißen?

Arabella.
Ihr irrtet Euch! Der Obrist Bourgoyne wirbt
Nicht mehr um meine Hand!

Sulivan.
Ein Ammenmährchen!
Er hält ja heut im Parlament die Rede.

Arabella.
Die Rede hält er wohl, doch mich zu kränken!
Nehmt Euer Sündengeld zurück — ich habe
Mich nicht um Eure Gunst bemüht!

Sulivan.
Mylady!
So seid Ihr bankerott!

Arabella.
An Hab' und Gut,
Doch an der Ehre nicht, wie Ihr und Bourgoyne.
Erfahrt es denn am heut'gen Tag —
Lord Clive,
Den frevelnd England vor die Schranken ladet,
Ihm bin ich zugethan mit ganzer Seele,
Ihn ehr' ich, lieb' ich, und bewundernd schaut
Mein Geist zu ihm empor.

Sulivan.
Voll ist das Maß
Des Wahnsinns; sei es drum! Vom heut'gen Tag
Getrennt sind unsre Wege!

Arabella.
Ja, getrennt!
Beim großen Gott: an Eurer Seite will

Ich heut nicht stehn, schamroth gefärbt, wie Ihr,
Von dieser Sonne Untergang!

Sulivan.
     Lebt wohl
Mylady Sommerset! (Zu Sita): Du Bajadere,
Verläßt noch heute unser Haus; doch dankbar
Eröffn' ich meine Kasse Dir. Leb wohl!
(Ab nach rechts.)

Harry.
O Vater! Vater! Du zertrittst mein Herz! (Wirft sich, das Gesicht verdeckend, in einen Stuhl.)

(Sita eilt auf Arabella zu und küßt ihre Hand.)

Arabella.
Du siehst mich fragend an mit großem Aug'?
Du weinst, Du armes Kind! Auch Du verkauft?
Du mit dem Brandmal auf der Stirn? Ich neide
Dich nicht um ihren Dank! Fühlst Du wie ich —
Tritt ihn mit Füßen! Hast Du dich gerächt,
So laß Dir deine Rache nicht bezahlen,
Auch nicht mit Liebe! Das ist gleiche Schmach!
Doch hat man Dich betrogen, eil' zurück,
Fall' ihm zu Füßen, kehr' bereuend wieder —
Doch hier von dieser Schwelle mußt Du fliehn!
Komm' mit!

Sita.
Ich kann es nicht!

Arabella.
  Du bleibst? Wohl denn!
So mag sich des Verrathes Fluch bewähren! (Ab.)

Harry.
O meine Sita, welch' ein Tag ist dies!
Mir scheint: die Sonn' ist todt und todt die Erde,
Verwüstung, Nacht und Grausen überall!
Du armes Kind! Komm an mein Herz!
(Sita schüttelt traurig den Kopf.)
     Ich will
Dich halten, schützen, tragen immerdar
Zum Trotze, muß es sein, der ganzen Welt.
O komm!

Sita.
Nein, nein! Das ist vorüber nun!
Den Kuß des Engels glaubt' ich auf der Stirn
Zu fühlen, doch er ward zum Brandmal — Harry,
Auch Du hast mich betrogen.

Harry.
  Sita, ich?

Sita.
Verschwiegst Du nicht, daß Du, den Lord zu stürzen,
Das Kästchen meinen Händen abgeschmeichelt!

Harry.
Mild wollt' ich stimmen meines Vaters Sinn —

Sita.
Dein Vater, Harry, kennt die Milde nicht,
Die Härte seines Herzens treibt mich fort!

Harry.
Ich laß Dich nicht!

Sita.
Bei meiner Liebe, Harry, laß mich ziehn.

Harry.
 Ich folge Dir!

Sita.
  Zurück! Denn heilig ist
Der Weg, den ich jetzt wandle, heilig sei
Das Haupt des fremden Kindes dieser Welt!
Es schmückt kein Kranz von Lotos oder Myrten,

Es ist ein einsam, ein verfallen Haupt!
Zurück! Du folgst mir nicht, bei Deiner
 Ehre!
   Harry.
O Sita!
    Sita.
   Lebe glücklich! Frieden walte
In diesem Hause, Frieden über Dir!
Ich stör' ihn nicht mehr —
    Harry.
    Was beginnst Du, Sita!
    Sita.
Du sprachst es ja: die Sonn' ist todt,
 und todt
Die Erde; Graus, Verwüstung überall!
O fort, nur fort und gleich in's Grab
 hinein! (Stürzt ab.)
   Harry.
Was thust Du? Sita! Welche Seelen-
 pein! (Rasch ihr nach.)

   Verwandlung.
Szene: Der offene Vorhof von Clive's Palast in Berkeley-square. Nach hinten trennt ihn ein großes Gitter mit einem Gitterthor in der Mitte von der Straße. Im Hintergrunde Paläste und Häuser von London. Rechts ein Seitenflügel des Schlosses, zu dem eine Thüre führt. Links eine Eiche, unter ihr eine steinerne Bank.

Sechster Auftritt.

Forde (durch das Gitterthor). Clive.

   Forde.
Schon drängt das Volk sich vor das
 Parlament.
Ganz London ist in Aufruhr! Pöbel!
 Pöbel!
Auf allen Straßen mit Verwünschung
 hört
Man Deinen Namen rufen. Eine
 Freude
In diesem wüsten Lärm — Dein Re-
 giment,
Die Neununddreißiger, das Regiment,
Das Plassey führt auf unbesiegten
 Fahnen,
Ist heut in London eingerückt! Du mußt
Im Parlament heut sprechen wider
 Bourgohne!
England erwartet dies von Dir!

   Clive.
   Nein, nein!
Die wilde Meute möge mich zerfleischen,
Ich stehe regungslos! Ein steinern Bild
Sink' ich zertrümmert mit der Ehren-
 säule.
Ich laß mich stein'gen — keine Wimper
 zucke,
Sie thürmen mir ein Mal noch vor
 dem Tod!
   Forde.
Doch mußt Du sprechen, denn es steht
 nicht gut
Um Deine Sache! All die wicht'gen
 Briefe
Hat Sita in der Gegner Hand geliefert!
   Clive.
Was? Sita — Sita —
   Forde.
   Gab Dein Kästchen in
Die Hand von Sulivan und Obrist
 Bourgohne.
   Clive.
Du lügst!
   Forde.
Mylord von Plassey, ich verzeih' Euch!
Bei meinem lahmen Bein — ein An-
 drer käme
Mir vor den Säbel! Doch Euch bringt
 das Blut
Zu Kopf und Herzen! Nein, mein
 General,
Ich lüge nicht!
   Clive.
   Fort, fort! Und über Bord,
Du letzter Ballast des Gefühls!
Dies Kind hab' ich geliebt — dies Kind
 verräth mich!
Ich hielt sie für den Genius, der
 schützend
Um meine Pfade schwebt. Sie heftet
 mir
Den Fluch jetzt unentrinnbar an die
 Fersen!
Ein Vampyr ist's, der auferstand im
 Finstern

Vom Hochgericht Moorshedabad's,
    der mir
Das Blut aussaugt und mich erwürgt!
    Fort, fort!
Hohläugig, blutleer, wandl' ich zu den
    Schatten,
Und wer mich tödten will, zerhaut die
    Luft.
            Forde.
Laß das — sei frischen Muth's — ich
    führe Dir
Die alten Kameraden zu — begrüße
Sie heitern Sinn's! Und laß die
    Gauklerin —
Die eigne Schlangenbrut, mit der sie
    spielt,
Mag sie im Rausche des Triumphs
    erwürgen! (Hinkt ab.)
            Clive.
Könnt' ich das Blatt aus meines Le=
    bens Buch,
Dies Bild aus meiner Seele reißen
    — wär'
Ich quitt mit der Vergangenheit — —
    umsonst!
Vor meiner Zukunft schwebt ihr Schat=
    tenbild.
Die ew'ge Sehnsucht nach dem Glück
    des Lebens
Wird selbst zum Todeskeim in meiner
    Brust. (Verdeckt sein Gesicht.)

Siebenter Auftritt.

Arabella (durch das Gitterthor). Clive.

            Arabella.
(Für sich): Da ist er selbst. Wie sag ich's
    ihm? (Laut): Mylord!
            Clive.
Wer spricht zu Schemen aus dem
    Schattenreich?
            Arabella.
O weis't mich nicht zurück — nur dies=
    mal nicht —
Ihr durftet meine Liebe schmäh'n —
    so duldet

Die Freundschaft, die Euch trösten kam!
    Mylord —
Todt ist das Kind für Euch, das Ihr
    geliebt!
Brecht darum kühn mit der Vergangen=
    heit,
Ob Sita eines Engels Antlitz borgte,
Es war der Dämon der Vergangenheit,
Der Euch verfolgt', der jetzt die Hülle
    sprengte!
Sie hat Euch nicht geliebt — was
    Liebe sei —
Was ihre Allmacht, ihre Wunder sind,
Ihr lerntet's nie durch dieses Kind
    empfinden!
            Clive.
Gebt mir die Hand, Mylady — Eure
    Hand!
Seid Ihr der Genius des Glücks, des
    Lebens?
            Arabella.
Seid ganz Ihr selbst, der Held von
    Plassey wieder
Und sprecht im Parlament! Ein Wort
    von Euch
Schlägt Eure Feinde! Hinter Euch,
    Mylord,
Steht Hindostan — Ihr nehmt auf
    die Tribüne
Das große Weltreich mit, das Ihr er=
    obert!
Wer kann Euch dieser Ehren Fülle
    rauben?
            Clive.
Ein Spruch des Parlaments, der mich
    verdammt!
            Arabella.
Doch spricht das Parlament Euch frei,
    Mylord — —
            Clive.
O Arabella!
            Arabella.
    Dann besiegt entflieht
Der Dämon zu den Schatten. Dann
    Mylord!

Dann lernt an Euren guten Engel
glauben!
Clive.
So seh' ich wiederum ein lockend Ziel —
Um hohe Güter gilt's den Kampf —
und männlich
Vor meinem Volke will ich ihn bestehn.
Arabella.
Triumph, Triumph!
(Musik von fern.)
Clive.
Was hör' ich? Diese Klänge!
Das ist der Marsch, den sie bei Plassey
spielten.
Den großen Ganga seh' ich fluten,
drüben
Des Feindes Lager endlos Zelt an Zelt,
Und seine Elephanten! Und ich fühl'
Den Nerv der Kraft in meinem Busen
wieder.
Triumph, Triumph, ihr Fahnen Al-
bions!
Und wär's ein Augenblick, ich halt'
ihn fest.
Er hebt mich aus dem Staub und aus
dem Schlamme —
Die Welt wird Licht, der Geist zur
reinen Flamme!

Achter Auftritt.

Unter kriegerischer Musik marschiren Soldaten im Hintergrunde hinter dem Gitter auf, über die ganze Länge der Bühne, zwei Fahnenträger voran. Auf den Fahnen steht: „Primus in Indis".

Obrist Latham und Offiziere (treten durch das Gitterthor). Vorige.

Latham (mit gezogenem Degen).

Den Ehrengruß dem großen General
Von seinen Tapfern! Rührt die Trom-
meln, schwenkt
Die Fahnen! Hoch Lord Clive!
Soldaten.
Er lebe hoch!
(Trommelwirbel, die Fahnenträger schwenken die Fahnen.)
Clive.
Dank, Dank! Willkommen! — Kame-
raden! — — —

Der Tag ist schwarz, Ihr werft ein
helles Licht
In seine Nacht!
(Geht nach hinten und entreißt dem Fahnen-
träger die Fahne.)
Primus in Indis! Ja,
O könnt' ich diese Schrift in Flammen-
zeichen
An's Thor des Parlamentes heften,
wehte
Heut über London dieser Fahne Flug!
Heut, heut! Wer klagt mich an, wer
ruft mir zu:
Unwürdig sei ich, sie zu führen: schnöder
Verrath beflecke mich! In's Parlament!
Sie seh'n mich alle staunend, fra-
gend an,
Die sonngebräunten, bärtigen Ge-
sichter!
Noch einmal in die Bresche geht's für
Euch
Und vor dem ganzen Volke soll mein
Mund
Am heut'gen Tag verkünden Eure
Thaten.
Zermalmt, zerschmettert richt' ich mich
noch einmal
Empor und setz' den Fuß vor aller
Augen
Auf das besiegte Hindostan und hebe
Mein Haupt zu den Gestirnen.
Dann, wie die Raben auf den kranken
Geier,
Stürzt auf mich los, zerhackt mir
Mark und Hirn,
Zerreißt die Flügel mir, würgt mir die
Kehle!
Die Leiche laß ich Euch, doch nicht die
Seele!
(Als Clive sich, die Fahne in der Hand, zum Ab-
gehen wendet, fällt kriegerische Musik ein, und
der Vorhang sinkt rasch.)

Fünfter Aufzug.

Szene: Ein Sprechsalon der Parlamentsmitglieder, durch einen Vorhang vom Parlamentssaale selbst geschieden. Rechts ein Fenster, links die Thür.

Erster Auftritt.

Bourgohne. Sulivan. Mitglieder des Parlaments.

(Man hört Militärmusik.)

Sulivan.
Es scheint, er nimmt das Parlament
mit Sturm.

Bourgohne.
Er kommt — er selbst! Ich hätt' es
nicht geglaubt.

Sulivan.
An seiner Truppen Spitze, wie zur
Schlacht!

Bourgohne.
Er hat die Stirn, dem ganzen Parlament
In's Angesicht zu trotzen. Ha — da
ist er!

Zweiter Auftritt.

Clive. Wedderburn. Parlamentsmitglieder. Vorige.

Clive.
Ei, guten Tag, Ihr Herren!
(Zu Sulivan): Wie stehn die Aktien der
Kompagnie?
Ihr schweigt, Ihr wißt es nicht —
wohl, Ihr habt Recht;
Der heut'ge Tag erst wird den Kurs
bestimmen,
Ja, wenn ich falle, steigen die
Papiere!
Das ist der Lauf der Welt!

Sulivan.
So gut gelaunt,
Mylord!

Clive.
Stets besser als mein Schicksal, Sir!
(Zu Bourgohne): Ihr wollt mir heut' die
Leichenrede halten —
Noch leb' ich, Herr, und kann Euch
selber danken!

Bourgohne.
Heut fällst Du, Cäsar!

Clive.
Brutus Dolch ist feil!
Ich fürcht' ihn nicht!
(Es klingelt hinter dem Vorhang.)

Bourgohne.
Eröffnet ist die Sitzung!
An's Werk, Mylord! Laßt uns den
Kampf beginnen!
Begraben will ich Dich — vor Deinem
Tode! (Alle ab.)

Clive (allein).
Fort mit der Maske — nicht den off'nen
Schlünden
Des Todes gegenüber hat mein Herz
Geklopft — — hier fühl' ich seinen
bangen Schlag!
Hier vor dem Tribunal der Nation!
Ein Welteroberer, gleich einem Sklaven
Gebückt und harrend auf des Henkers
Streich!
(Tritt an den Vorhang, dann wieder zurück.)
Ein jeder Blick verzehrt mich — brennend Feuer —
Du Parlament, vielköpfig Ungeheuer!
Du starrst mich an, wie das Gezücht
der Wildniß
Das vorgeworf'ne Opfer der Arena!
Aus diesen Stimmen spricht der Nachwelt Schluß!
Aus dem verrath'nen Heiligthum der
Brust
Wird jede Schuld in's volle Licht gerissen —
Mich richtet hier des ganzen Volks Gewissen!
(Klingel hinter dem Vorhang.)
Er hat das Wort — Bourgohne —
ringsum die Stille
Des Todes — schwül, versengend —
kein Geflüster —

Sie lauschen athemlos auf's Grab=
   geläute
Der Ehre — meiner Ehre! — Ein
   großer Feldherr —
O Hohn — dem er den Degen jetzt
   zerbricht —
Surajah Dowlah — o verwünschtes
   Echo,
Das dieses Wort verdoppelt — dennoch
   nirgends
Tönt's mächtiger, als in der eig'nen
   Brust!
Und weiter — Meer Jaffier — das
   Gold, das Gold!
Hochroth vor Scham — am Pranger
   steh' ich hier!
Das Kästchen und die Briefe — Sita,
   Sita!
Das greift in's Herz!
   (Stürmischer Applaus hinter dem Vorhang.)
      Du bist gerächt, Surajah!
Bin ich Lord Clive, vor dem ein Erd=
   theil bebte?
Verschwinden möcht' ich, ein Atom,
   das draußen
Die Sonne und der Nebel schlürft —
   sie jubeln
Ja über meine Schmach! Fort über mich
Du Götze Ruhm, du Götze Dschag=
   gernaut's,
Der einst mein Herz umstrickt mit seinem
   Zauberbann —
Zermalmend geht dein rollendes Ge=
   spann.
   (Hinter dem Vorhang starkes Händeklatschen.)
Er schweigt, erstickt vom Beifall. Nun
   ist's Zeit!
Ich bin bereit — Jetzt tret' ich vor die
   Nachwelt!
Sei steinern, Herz — ein marmorn
   Heldenbild
Will ich vor meinem ganzen Volke stehn.
Du Schwert von Arcot, waffne meine
   Zunge
Und schmettre meine Feinde in den
   Staub. (Ab nach hinten.)

Verwandlung.
Szene: Ein Saal in Lord Clive's Palais in Berkeley-Square. Rechts der Haupteingang Im Hintergrunde ein Vorhang. Links eine durch einen Spiegel versteckte Thüre. Der Saal ist durch mehrere Ampeln erhellt. Ottomane. Tisch zur Rechten.

Dritter Auftritt.
      Forde.
Was, Parlament! Geschwätz! Ein
   Feldherr soll
Vor diesen Bänken Rede stehn, vor=
   rechnen
Die Kriegsbeute, wie ein Räuber —
   pfui!
Das hör' ich nicht mit an — das macht
   mir Ekel.
Primus in Indis — wer das läugnen
   will,
Dem soll der Blitz in die Pagode
   schlagen!

Vierter Auftritt.
   Clive (bleich, verstört). Forde.
      Forde.
Da bist Du, Lord! Nur einen Druck
   der Hand!
      Clive.
Laß mich, laß mich!
      Forde.
      So bleich und so verstört!
Du bist nicht freigesprochen?
      Clive.
         Keine Hand
Hat sich geregt — nach meiner Rede;
   über
Dem Hause brütend lag das tiefste
   Schweigen,
Ein Schweigen, das, wie Donner des
   Gerichtes,
Mein Urtheil sprach — die Larve sah'
   ich nur
Hohnlachend von dem Kapitäl der
   Säulen
Auf mich herniedergrinsen — ich entfloh,
Als hing' das Schreckbild sich an meine
   Fersen!
      Forde.
Du bist nicht freigesprochen?

Clive.
                    Was sie weiter
Verhandeln, weiß ich nicht — ich will's
    nicht wissen!
Ich fühlte nur die ungeheure Oede
Um mich, wie die in meiner Brust —
    einsam —
Einsam in meines Volkes Mitte —
    Grauen
Um mich verbreitend, ein Despot — —

Forbe.
Was Parlament, was Köpfe, Stimmen,
    Reden —
Komm; laß uns gehen mit den Kriegs=
    gefährten.

Clive.
Fort werf' ich jetzt die Last, die mich
    bedrückt.
            (Ergreift einen Kandelaber.)
In's Schatzgemach, zu Gold und Edel=
    stein.
Du warte hier! Ich kehre gleich zurück!
            (Ab durch die Spiegelthüre.)

Forbe.
Sie schweigen — richten ihn! Sie
    wagen's — pah!
Es giebt nur eine Rettung vor den
    Schurken,
Die Welt mit Pulver in die Luft zu
    sprengen.

Clive (kehrt ohne Degen zurück, zwei
    Kästchen in der Hand haltend).
Da schlummert Pracht und Macht und
    Glorie,
Und über ungebor'nen Freveln brütet
Der Drache, der die mächt'gen Schätze
    hütet!
Sie schlummern lange in den Tiefen
    nicht,
Sie drängen sich wie Mottenflug an's
    Licht!
            (Oeffnet das Kästchen.)
Sieh her, und staune!

Forbe.
            Wischnu, all ihr Götter!
So schlag der Blitz in die Pagode —
    Diamanten
Wie Taubeneier! Welch' ein Meer von
    Glanz!
Wie trunkne Sterne, die vom Himmel
    fielen!
Das fährt mir in die Glieder — laßt
    mich sitzen!
Bei Gott, dafür kauft man ein König=
    reich!

Clive.
Das wirkt, das blendet! Sieh dies
    Kästchen an!
Die Blitze, die es sprüht, sie zucken heute
Zurück mir auf das Haupt!

Forbe.
            Ich fass' Dich nicht!

Clive.
Mich hat es einst geblendet so wie Dich!
Drum fluch' ich diesen schnöden Kieseln
    hier,
Die mit erborgtem Glanz der Sonne
    prahlen!
Schlügen aus meinem Herzen all' die
    Flammen
Der jahrelangen Reu'und Qual heraus,
Zu Staub und Asche schmölzen diese
    Steine,
Die felsenschwer mir auf der Seele
    ruhn!

Forbe.
Ein königlich Geschenk — wer darf es
    tadeln?

Clive.
Mir sind sie lästig, nimm sie hin, ich
    schenke
Sie Dir!

Forbe.
Unmöglich! Lord, Du bist von Sinnen!
Ich taum'le — und die Welt dreht sich
    im Kreis!
Der Scherz ist grausam, Lord!

Clive.
            Es ist kein Scherz!
Bei meiner Ehre, sie sind Dein!

Forbe.
            Lala
La — nein, ich kann nicht singen, jedes
    Wort

Erstirbt mir auf den Lippen — nein,
    nein, nein!
Dies ist ein Tag — nein, eine Nacht
    — was weiß ich?
So schlag der Blitz — nein, nein, kein
    andrer Blitz als dieser,
Der wunderbar mir in die Seele fährt!
Das Kästchen hier — Du hast es mir
    geschenkt —
Und welche Königin mir freundlich
    lächelt,
Die soll ein Stirnband haben nach
    Verdienst.
Bei meinem lahmen Bein — wer tanzt
    mit mir?
Ihr Fürstinnen, herbei! Ich kann's euch
    lohnen!

Clive.

Du bist von Sinnen, Freund! Ich
    fürchte fast,
Verderblich wirkt der Zauber, und ich
    that
Ein neues Unrecht!

Forde.

Nein, bei unf'rer Freundschaft!
Du hast es mir geschenkt — kein Ehren-
    mann
Nimmt sein Geschenk zurück! Mein ist
    die Welt!
Sie taugt nicht viel, doch allen guten
    Saft,
Den sie enthält, preß' ich aus ihr heraus
Mit diesem Mittel! Wunder wird es
    thun!
Mich loben werden alle meine Feinde,
Als geistreich, liebenswürdig, jugend-
    frisch,
Und als den besten Tänzer ringsumher,
Trotz dieses kleinen Defizits hier unten.
Die Mädchen, die mir keinen Blick ge-
    gönnt,
Sie werden mich bewundern wie Apoll
Und lächeln, dreh' ich mir verschämt
    den Bart
Und winke mit den Augen! Doch, vor
    allem,

Jetzt einen Trank vom kostbarsten Ge-
    wächs,
Das je die große Buhlerin, die Sonne,
Geküßt, bis Feuer aus den Reben troff.
Ein Lebehoch auf meinen Lord und
    Herrn!
Sieh mich nicht an — Du willst mir's
    wieder nehmen!
Ich bring's in Sicherheit! O tolle Welt!
Jetzt laß mich mit dir tollen! Fort die
    Krücke!
Der Stab stützt besser hier — ich bin
    geheilt! (Stürzt fort.)

Clive.

O Dämon, Dämon! Du berührst uns
    nur,
Und umgewandelt sind wir! Armer
    Freund!
Der Rausch ist kurz, der aus der Tiefe
    kommt!
Komm her, du andres Kästchen! Diesen
    Dolch
Mit seinem Griff von Diamanten
    funkelnd,
Hat mir Surajah Dowlah einst ge-
    schenkt.
Er sieht mich tückisch an — scharf ist
    die Schneide!
Sie geht mir durch das Herz! Ich ließ
    ihn richten,
Ich schliff an diesem Dolch des Henkers
    Schwert.
Kein Spruch des Parlaments ver-
    scheucht dies wache
Gespenst der Brust! Wie sie auch
    richten mögen —
Der Richter hier ist aus dem Schlaf
    erweckt.
Das Urtheil, das er spricht, ist uner-
    bittlich.
So muß ich wieder mit dem Schatten
    ringen,
Der jetzt aus seiner Gruft ersteht!
„Bestochner Mörder!"
Mich schauert's vor dem Ruf — es
    ist — der Tod!
(Steckt den Dolch zu sich.)

Fünfter Auftritt.
Harry. Clive.

Harry.
Mylord! Mylord! Beim ew'gen Gott
  des Himmels!
Hier schlägt das einz'ge Herz, das mit
  mir fühlt!
Ich bringe sie zu Euch —

Clive.
      Wen bringt Ihr, wen?

Harry.
Ein bleiches Götterbild — die Leiche
  Sita's!

Clive.
Wie — Sita todt? Mein Kind, mein
  treulos Kind?

Harry.
Sie starb für Euch!

Clive.
   Für mich! Wer sagt's — für mich?

Harry.
Für Euch, ich wiederhol's! Als sie
  vernahm,
Wie jenes Kästchens Inhalt
Gefährdung Eurer Ehre, Eurer Schätze,
Vielleicht selbst Eures Lebens sei —
  da wachte
Die alte Liebe auf zu Euch! Sie stieß
Im Zorne mich, der ich's verschwiegen,
  fort!
Es loht' wie Wahnsinn auf in ihrem
  Hirn.
Sie stürzt hinaus! Vergebens folg'
  ich ihr!
Sie schwand im Nebel, wie ein Schat=
  tenbild,
Und in der Themse fand man ihre Leiche!
(Nach dem Vorhang stürzend und ihn aufreißend;
man sieht Sita's Leiche auf einer Bahre.)
Das ist der Rest von meinem Erden=
  glück!
Ihr klagt mit mir um diese gold'ne
  Blume —
Euch welkte sie, wie mir, auf immerdar!
(Stürzt auf Sita's Leiche.)

Clive.
Fort von der Leiche, Fremder! Mein
  ist sie,
Durch diesen Kuß auf ihre kalten Lippen
Ausschließlich mein im Leben und im
  Tod!

Harry.
Ja fort! Was soll ich hier? Auf ewig
  fort!
Nach Hindostan in ihre Heimath eil' ich
Und such im Kampf den Tod und die
  Erlösung! (Ab.)

Clive.
Sühnopfer, heiliges, entsühnst Du
  mich?
Reicht mir des Vaters Schatten hier
  die Hand —
Verzweiflung faßte sie um meinetwillen,
Für mich verzweifelt gab sie sich den
  Tod!
O keine Thränen! Schön bezahlt hat sie
Die Schuld, und diese Hand soll's ihr
  bescheinigen!

Sechster Auftritt.
Arabella. Forbe. Webber=
burn. Vorige.

Arabella (einen Lorberkranz in der Hand haltend).
O edler Lord! Laßt mich die Erste sein,
Die Euch verkündet, was mit Blitzes=
  flug
Ganz London füllen wird — das Par=
  lament,
Es hat Euch freigesprochen!

Clive.
      Freigesprochen!

Arabella.
Laßt mich mit diesem Kranz die Stirn
  Euch zieren!

Clive.
O Arabella, holder Stern des Glücks!
Du suchst im Abgrund den verlornen
  Mann!

Arabella.
Ihr träumt, Mylord! Ihr hört die
  frohe Kunde —

Clive.
Ich höre sie — ich sehe Dich — entgegen
Drängt jede Knospe sich dem Licht — und kann
Sich nicht erschließen! Denn es nagt im Innern
Der Wurm sie welk —

Arabella.
Um's Himmelswillen, Lord!

Clive.
Seht diese Leiche!

Arabella.
Sita, wie!

Clive.
Sie starb!
Weil sie mich liebte, weil sie's büßen wollte,
Daß willenlos sie mir Verderben brachte.
O seid doch nicht so thöricht, mich zu lieben;
Denn Alles, was mich liebt, muß untergehn!
Hier aber fesselt mich des Schicksals Kette
Es fehlt ein Ring in ihr noch — nur der letzte!
Seht ihr zu Häupten dieser Leiche nicht
Den Vater stehn, Surajah, der mich anklagt,
Den Bruder mit dem Dolch — ein ganz Geschlecht,
Das der Despot zerstört? Wer spricht mich frei —
Haha! Wer spricht mich frei — Der Spiegel nicht,
Der mir dies hassenswerthe Antlitz zeigt,
Das Echo nicht, das meinen Hohn verdoppelt!
Selbst Liebe nicht — Das Parlament jedoch,
So sagt Ihr, spricht mich frei — ich danke ihm,
Daß es so mild geurtheilt über mich!
Doch lebt ein andrer Richter noch, und anders
Ist sein Gericht! Der Dämon ruft — ich folge!
(Holt blitzschnell den Dolch aus dem Busen und ersticht sich.)
So sühn' ich meine Schuld, Surajah Dowlah!

Arabella.
Allmächt'ger Himmel!

Forde.
Gott! Er ist von Sinnen!

Wedderburn.
O helft!

Arabella.
Schickt nach dem Arzt!

Clive (den Dolch emporhaltend).
Hier ist der Arzt, der mir Gesundheit giebt.
Er heilte krankes Leben, kranke Ehre,
Und heilte gründlich, daß kein Rückfall kommt!
Hoch Albion!
Ein andres größeres Geschlecht als dieses
Mach' unsre Frevel gut, laß unsre Fahnen
Als Segensfahnen wehn in allen Zonen!
Dies schwache Werkzeug deiner Macht zerbrach,
Gerechte Sühne für die alte Schuld!
(An Sita's Leiche, an Arabella's und Wedderburn's Hand sinkt er zusammen und stirbt.)

Arabella.
Nun weine, England, wein' an seiner Leiche!
O, alles Große muß am Fluche sterben,
Hält stets das Schwert auf's Herz gezückt!
Den Segen aber wird die Nachwelt erben,
Die Dir den Lorbeer auf die Stirne drückt!
(Während Arabella Clive's Leiche mit dem Lorbeer kränzt, fällt der Vorhang.)